Bettina Obrecht, 1964 in Lörrach/Baden geboren. Studium der spanischen und englischen Sprache. Stipendium für Literatur der Akademie Schloß Solitude. Autorin und Übersetzerin. Freie Mitarbeiterin beim Süddeutschen Rundfunk (Kurzhörspiel, Feature, Kinderhörspiel). Wurde für ihre Kurzprosa und Lyrik mit mehreren Preisen ausgezeichnet.

Bettina Obrecht

Ende der Regenzeit

Verlag Friedrich Oetinger · Hamburg

Einband von Katrin Engelking
Satz: Utesch GmbH, Hamburg
Druck und Bindung: Graphischer Großbetrieb Pößneck
Printed in Germany 1998*

ISBN 3-7891-4412-6

Inhalt

Für Doña Flory, Ileana
und alle anderen Mitglieder der Familie Laurent Cubillo
und für Rosa

Flügel

Klar ist Ilka schon mal geflogen. Im Traum. Ilka träumt oft vom Fliegen. Zum Beispiel steigt sie mitten im Gedränge vieler Menschen eine steile Treppe hinauf. Es ist tierisch anstrengend, sie kommt kaum vorwärts. Plötzlich fällt ihr ein, dass sie ja gar nicht klettern muss, dass sie ja fliegen kann! Sie muss über sich selbst lachen: Warum hat sie bloß nicht früher dran gedacht? Sie breitet die Arme aus und hebt ab. Erst nur ganz sanft, so dass sie gerade knapp über dem Boden schwebt. Es klappt! Ilka kriegt Mut und steigt höher. Die Menschen auf der Treppe schauen ihr verblüfft und ein wenig wütend nach.
Wenn Ilka aus so einem Traum erwacht, ist sie immer ganz besonders gut gelaunt. Ihre Arme kribbeln dann noch vom Fliegen und unter dem Bauch kann sie ein dickes Luftpolster fühlen. Sie weiß, wenn sie jetzt die Augen nicht aufmacht und sich noch einen Moment lang konzentriert, kann sie einfach aus dem Bett schweben. Sie putzt sich in der Luft die Zähne. Dann fliegt sie in die Küche, pickt ihr Frühstücksbrot vom Tisch und ab in die Schule.
Die ganzen Jahre ist das so normal gewesen: ab in die Schule. So alltäglich wie Zähne putzen. Das hat mal jemand bestimmt, als sie sechs Jahre alt war, und seither ist sie hingegangen, jeden Tag, außer am Wochenende oder in den Ferien. Manchmal gerne, meistens widerwillig. Klar, wer geht schon auf Dauer gerne in die Schule. Eigentlich hat doch jedes Kind was Besseres zu tun.

Ilka kann sich genau erinnern, wie das war, als sie zum ersten Mal die Schule geschwänzt hat: Den ganzen Vormittag über hat sie sich im Eiscafé versteckt, wo um diese Zeit garantiert kein Lehrer hinkommt und Mama und Tante Nora auch nicht. Zweieinhalb Stunden lang hat sie an zwei Bananenshakes genippt und eine Frauenzeitschrift nach der anderen durchgeblättert, sogar die Werbung gelesen, damit die Zeit rumgeht, und zwischendurch mit Mario geflirtet, der gar kein richtiger Italiener ist, sondern in Deutschland geboren.
Da war's passiert.
Von da an ist sie nicht mehr wie eine aufgezogene Blechente jeden Morgen brav in die Schule marschiert, sondern hat sich Tag für Tag die Frage gestellt: Geh ich heute hin oder nicht? Hatte sie etwa die Wahl? Sie hatte. Sie konnte hingehen oder auch nicht. Immer öfter ist sie nicht hingegangen. Es war klar, dass ihre Mutter das irgendwann rauskriegen würde. Das war Ilka dann aber auch schon egal.
Die Mutter hat ja nie gefragt, ob Ilka überhaupt weiter zur Schule gehen möchte. Für die war das selbstverständlich.
Deswegen ist die Mutter dann auch aus allen Wolken gefallen, als der Brief vom Direktor kam.
»Warum?«, hat sie gefragt. Sie hat leise gesprochen, aber ihre Stimme hat dabei trotzdem so einen metallischen Klang gehabt, wie immer, wenn sie sich aufregt und es nicht zeigen will. Ilka hat keine Wörter für das Warum, nur ein Bild im Kopf, das Bild von einer langen schnurgeraden Schiene, deren eines Ende in dem Zimmer liegt, in dem sie geboren wurde, und die dann ohne Kurven und Schlenker weiterführt bis in ihr Grab hinein. Die Schiene hat jemand für sie verlegt, bevor sie geboren wurde, und nun rast die Bahn in Hochgeschwindigkeit dahin, als sei es nur wichtig anzukommen. Ilka hat sich diesen

Zug nun wirklich nicht ausgesucht. Sie möchte überhaupt nicht am Boden kleben und immer vorwärts müssen, immer weiter. Sie möchte lieber fliegen, langsam da oben kreisen und sich alles anschauen.

Sie hat sich auch nicht diese Stadt ausgesucht, diese Umgebung, die so viel Reiz hat wie Badewasser, in dem vor ihr schon fünf Leute gebadet haben. Ein Ort mit einem schnörkeligen Sahnetortencafé und einem verkaufsoffenen Sonntag, der auf Plakaten als »Erlebnissonntag« angekündigt wird. Also, unter erleben stellt sich Ilka was anderes vor.

»Und *was* willst du tun?« Diese Frage hat nicht Ilkas Mutter gestellt, die sieht nur, dass Ilka etwas nicht will, nämlich weiter zur Schule gehen.

Diese Frage nach dem, was Ilka *will,* kam von Tante Nora.

Ilka hat aber leider keine genaue Antwort gewusst.

»Weg. Woandershin. Was anderes machen.«

Tante Nora kann man so leicht nicht abfertigen. Sie hat die Stirn gerunzelt und Vorschläge gemacht. Ein Praktikum, vielleicht im Behindertenheim, auf dem Land, irgendwas Sinnvolles.

Ilka hat auch die Stirn gerunzelt.

»Prak-ti-kum!« Sie sieht das Wort schon in ihrem Lebenslauf stehen, mit dem sie sich um eine Stelle als Bankkauffrau oder was Mütter sonst so wünschen, bewerben wird.

»Na, Sie haben Ihre Zeit doch sinnvoll genutzt!«, wird der Personalchef sagen können.

Als die Mutter nach der Scheidung eine Stelle suchen musste, hat sie Ilka eine Menge über Personal- und sonstige Chefs erzählt.

»Prak-ti-kum! Sinn-voll!«, wiederholt Ilka jetzt, als sie aus dem Flugzeugfenster aufs Meer hinuntersieht. Sie lässt die

Wörter hinunterfallen ins Blau, aber ihren Aufprall im Wasser kann sie nicht mehr sehen, das Flugzeug fliegt zu hoch und zu schnell.

Tante Nora hat Ilka gerettet. Tante Nora kennt immer Leute. Diesmal hat sie einen Bekannten ausgegraben, der Kontakte zu Diplomaten in verschiedenen entfernten Ländern unterhält. Und der kannte auch prompt wiederum eine Familie mit mehreren Kindern in und um Ilkas Alter herum, die gerne ein Mädchen aus Europa aufnehmen wollen.

»In Costa Rica sind die. Aber vielleicht finden wir noch was Näheres.« Tante Nora war selbst nicht so überzeugt von dem Angebot.

Ilka hat sofort im Atlas nachgeschaut, wo genau das liegt: Costa Rica. Drum rum liegen lauter Länder, die sie aus dem Fernsehen kennt: Nicaragua, Panama mit dem Kanal. Costa Rica ist ein ganz schmales Land mit Meer zu beiden Seiten, auf der einen Seite die Karibik, auf der anderen der Pazifik.

Ilka hat sofort der unbekannten Familie einen Brief geschrieben. Das ist ihr nicht leicht gefallen. Sich bei fremden Leuten einladen ist eine merkwürdige Sache. Sie hat etwas geschrieben von »fremden Kulturen« und »Spanisch lernen« und »Erfahrungen sammeln«. Den Brief hat sie auf Englisch geschrieben. Tante Nora hat ihr bei den Formulierungen geholfen. Gemeinsam haben sie dann den Brief auf die Post gebracht.

Die Antwort ließ nicht lange auf sich warten. Die älteste Tochter hat geschrieben, in französischer Sprache. »Mein Vater ist Diplomat, wir haben vier Jahre in Paris gelebt ...« Die Familie wollte Ilka tatsächlich haben. »Damit wir unsere Fremdsprachen nicht verlernen und wegen der europäischen Kultur.«

Ilka weiß nicht, ob sie Kultur hat, aber Französisch kann sie und Englisch auch. Eine Schwester wollte sie auch schon immer haben, es hätten natürlich nicht unbedingt gleich fünf sein müssen.

»Die haben garantiert Kohle«, hat Meike, Ilkas Freundin, gesagt. »In Paris gelebt und so. Papa bei den Diplomaten. Da musst du dich gut benehmen.«

Ilka hat gelacht. »Du bist nur neidisch!«

Ilkas Mutter war nicht begeistert, klar. Sie wollte lieber, dass Ilka die Schule fertig macht. Aber Ilka hat gesagt, sie geht nicht länger auf die Schule, später einmal vielleicht, aber jetzt muss etwas anderes kommen. Zuletzt hat die Mutter nachgegeben.

»Aber das elfte Schuljahr machst du zu Ende!« Das war die Bedingung, und Ilka hat sie erfüllt.

Die Mutter und Tante Nora haben für das Flugticket zusammengelegt. Papa hat natürlich keine müde Mark springen lassen. Im Gegenteil: »Wie könnt ihr so was nur zulassen! So ein vertanes Jahr! Wisst ihr nicht, wie es auf dem Arbeitsmarkt aussieht?« Verbieten konnte er es nicht, er hat kein Sorgerecht. Selber schuld, wenn er seine Familie im Stich lässt.

Prak-ti-kum, Ar-beits-markt, sinn-voll! Ilka lacht darüber, sie fliegt jetzt, kein Traum diesmal! Sie hat vom Gleis abgehoben und fliegt links oder rechts davon Kurven und Schleifen. Sie fliegt mit einer Maschine über den Atlantik bis nach Mittelamerika.

Die weißen Zähne der Kaffeepflückerin

Flugangst ist lächerlich. Hunderttausende von Menschen steigen jeden Tag in Flugzeuge, die überwiegende Mehrheit kommt ans Ziel. Wenn Ilka schon vor dem Flug Angst hätte, wie sollte sie es dann in der Ferne aushalten, wo sie niemanden kennt bis auf ein Mädchen, mit dem sie ein paar Briefe ausgetauscht hat? Ein Land, wo alles fremd ist und es wahrscheinlich von Schlangen und Vogelspinnen nur so wimmelt und wer weiß was noch. »Dschungelkämpfer«, hat Jens, ihr Halbbruder, gesagt und eine unsichtbare Maschinenpistole gegen sie leer gefeuert. Der hat doch keine Ahnung.

Ilka schaut unablässig aus dem Fenster. Auf der Außenscheibe blühen Eisblumen. Der Himmel über Ilka ist ganz klar und so tief blau, dass man dahinter das Schwarz des Weltalls erahnen kann. Ilka schaut lieber nicht nach oben, lieber hinunter aufs Meer. Manchmal erscheinen vor dem Blau schemenhaft die Abschiedsgesichter der Mutter und von Tante Nora. Gesichter wie bei einer Beerdigung. Immerhin hat sich die Mutter bis zuletzt ihr »Willst du nicht doch, du kannst immer noch ...« verkniffen, auf das Ilka gewartet hat.

Klar hat Ilka Angst. Sie ist siebzehn und fliegt allein in die Welt. Darf man keine Angst vor einem Abenteuer haben, nur weil man es sich gewünscht hat? Kann man nicht Angst haben und sich trotzdem unheimlich freuen?

Die Stewardessen schieben Getränkewagen durch den engen Mittelgang. »Orange juice, please«, sagt Ilka.

Englisch kann sie ja schließlich. Wenn sie erst mal am Ziel ist, sprechen alle um sie herum Spanisch, außer der Familie natürlich, die Französisch kann. Ilka hat aus Papas Reiseführer ein paar Sätze Spanisch gelernt. »Un café con leche, por favor!« Aber ob in Costa Rica überhaupt Milchkaffee getrunken wird? Kaffee wächst da jedenfalls massenweise, auf Plantagen. Ilka hat noch nie bewusst eine Kaffeepflanze gesehen. Obwohl doch im Werbefernsehen dauernd diese braunhäutigen, glücklichen Kaffeepflückerinnen auftauchen. Ilka schaut jedes Mal mehr auf die weißen Zähne der Kaffeepflückerin als auf die Pflanze.

Wenn sie auf dem Rückflug ist, wird sie wissen, wie eine Kaffeepflanze aussieht.

Ilka legt ihr Gesicht an das kalte Fenster.

Auf dem Rückflug.

Das ist, wie wenn einer sagt: Wenn ich mal alt bin.

Da, wo sie die nächsten Monate verbringen wird, wachsen Kaffeebohnen und Bananen. Und Regenwald. Ilka hat keine genaue Vorstellung davon, wie das alles aussieht. Eigentlich ist das gut so. Es muss langweilig sein, in die Serengeti zu fliegen, wo jeder Löwe und jedes Warzenschwein schon gefilmt worden sind! Costa Rica ist anders. Die meisten Leute wissen noch nicht mal, wo das liegt.

»Das Land des ewigen Frühlings!«, hat Caridad, die älteste Tochter der Gastfamilie, geschrieben.

Klingt gut. Wenn Ilka bloß keinen ewigen Heuschnupfen kriegt!

Von Regenwald hat Caridad nichts geschrieben, aber das hat die Biologielehrerin erzählt. Eine Extrastunde hat sie eingeschoben und über das Tier- und Pflanzenreich des tropischen Regenwaldes berichtet.

Wenn Ilka an den Regenwald denkt, kriegt sie richtig Herz-

klopfen. Weit weg wollte sie, woandershin. Eine Welt, die sich stärker von Deutschland unterscheidet als der Regenwald, kann sie sich im Moment nicht vorstellen.
Im Regenwald ist nichts, aber auch gar nichts unter Kontrolle.

Bienvenido – welcome

Es ist dunkel, die Eisblumen sind längst abgeschmolzen, als die Maschine San José anfliegt. So viel weiß Ilka schon über die Tropen: Es wird früh dunkel. Im Sommer ebenso wie im Winter. Es ist Nacht und die Gastfamilie hat vielleicht vergessen, sie am Flughafen abzuholen. Ilka könnte ein Taxi nehmen, nur kennt sie leider die Adresse nicht, nur ein Postfach. Sie sieht sich in ein Taxi steigen: »Bitte bringen Sie mich zum Postfach acht drei sieben vier! Ich werde da morgen abgeholt!« Und das auf Spanisch.
Alle Passagiere müssen sich anschnallen. In Ilkas Kopf setzt die Filmmusik ein. Filme fangen häufig so an: mit einem Flugzeug, das eine Stadt anfliegt, Menschen, die sich auf die Landung vorbereiten, auf Ereignisse, die sie da unten erwarten. Wenn die Maschine ausrollt, flimmern die letzten Zeilen des Vorspanns über den Bildschirm.
Als die Maschine die Wolken durchstößt und unter ihr ein buntes Lichtermeer auftaucht, könnte Ilka platzen vor Aufregung. Schade, dass sie den grauen Geschäftsmann auf dem Nachbarsitz nicht in die Seite boxen darf.
Die Dunkelheit kommt Ilka ganz gelegen. Sie möchte gar nicht alles auf einmal sehen. Von heute an will sie jeden Tag etwas Neues erleben, aber eins nach dem anderen. Für heute würde der Flug allein schon reichen, sie könnte jetzt eigentlich schlafen. Wie spät ist es überhaupt? Hier ist es acht Stunden früher als zu Hause und trotzdem schon Nacht. In Ilkas Kopf kreist ein einziger Zeiger, der keine Zeit mehr anzeigt. Sie würde ihn

gerne anhalten und verschnaufen. Aber da ist nichts zu machen. Wenn so ein Abenteuer erst einmal angefangen hat, dann läuft es einfach weiter. Da kann keiner das Buch zuklappen oder den Videorekorder anhalten. Das läuft und läuft. Könnte höchstens sein, dass das Flugzeug jetzt beim Landeanflug noch zerschellt. So was passiert. Dann hat sie sich in den letzten Stunden für nichts und wieder nichts geängstigt und gefreut.
Es ruckelt heftig, das Flugzeug hat aufgesetzt, rollt aus und poltert, als fahre es durch mehrere Schlaglöcher. Ringsum lösen die Leute schon ihre Gurte, zerren ihr Handgepäck aus den Klappen über den Sitzen. Ilka dagegen hat es nicht eilig. Sie schließt die Augen und atmet noch einmal tief durch. Wie wenn sie vom Zehn-Meter-Turm springt. Von da oben kommt ihr das Schwimmbecken immer winzig klein vor. Gut möglich, dass sie daneben landet.
Sie macht die Augen wieder auf und überprüft zum hundertsten Mal an diesem Tag, ob Ausweis, Geld, Flugticket noch da sind. Sind sie. Ilka steht auf, schwimmt wie Treibholz mit den anderen Passagieren mit und gelangt in ein kleines Flughafengebäude. Auf der Wand prangt ein »Bienvenido« in dicken, blau-weiß-roten Buchstaben. Die Hallen sind ziemlich leer, kein Vergleich mit dem Rummel in Frankfurt.
Ein melancholischer Latino sitzt in einem Glaskästchen und kontrolliert die Pässe, drückt einen Stempel hinein. Als Ilka an der Reihe ist, schaut er sie kaum an. Nun noch das Gepäck holen und durch den Zoll. Die dicke Tasche und den Koffer hat Ilka nur mit Mühe schließen können. Wenn sie jetzt bei der Kontrolle alles aus- und wieder einpacken muss, kann es Stunden dauern, bis sie hier rauskommt. Dann wird die Gastfamilie denken, dass sie doch nicht losgeflogen oder unterwegs verloren gegangen ist.

Erste Gelegenheit, die Rolle »harmloses blondes Mädchen allein in der Fremde« auszutesten. Ilka steht mit dem herzerweichendsten aller Augenaufschläge vor dem Zöllner. Der zieht mit spitzen Fingern eine ihrer Unterhosen aus der Tasche, stopft sie zurück und winkt Ilka vorbei. Dabei lächelt er. »Welcome to Costa Rica!«
Eine große Glastür entlässt sie ins Freie.
Sie atmet tief durch.
Und tatsächlich: Es riecht wie im Reptilienhaus. Feucht, ein wenig modrig, sehr warme Luft.
Ilka sieht sich misstrauisch um, aber es ist sehr unwahrscheinlich, dass direkt auf dem Flughafengelände schon Krokodile lauern.
Vor dem Eingang drängt sich eine Menschenmenge. Einige Gestalten winken oder halten Namensschilder hoch. Ilka versucht, Gesichter wieder zu erkennen. Caridad hat ein Familienfoto und ein Passfoto geschickt, vielleicht ist das eine Hilfe. Aber da sind nur lauter schemenhafte Arme und Köpfe, ein unscharfes Stimmengewirr. Sie bleibt stehen. Die werden sie schon erkennen: blondes Mädchen, ganz allein, blass, hilflos …
Hat da nicht jemand ihren Namen gerufen?
Ilka reckt den Kopf.
Durch die Menge drängelt sich ein Mädchen nach vorne.
»Ilka?«
Ilka nickt. Das Mädchen, das ihr jetzt einen nach Feuchtigkeitscreme duftenden Kuss auf die Backe haucht, muss Caridad sein. Ilka hätte sie aufgrund des Fotos nie erkannt. Zunächst einmal überrascht es sie, wie klein und schmal Caridad ist. Die Haare trägt sie auch anders, kürzer als auf dem Foto. Nur das verlegene Lächeln ist das gleiche.
»Meine Familie ist da!«, sagt Caridad auf Französisch. Dann

nimmt sie die Reisetasche. Ilka wuchtet den Koffer hoch und folgt der schmalen Gestalt bis zum äußeren Rand der Menge. Ilka versteht kaum Spanisch, aber was Caridad jetzt sagt, das muss so etwas heißen wie »Ich hab sie gefunden!«.
Noch fünf Küsse auf die Wangen: vier Schwestern und ein zwischen den zarten Mädchen gigantenhaft aufragender Vater.
»Welcome!«
Ilka küsst zurück, murmelt unsicher irgendwas halb Französisches, halb Englisches und lässt sich bereitwillig den dicken Koffer abnehmen. Der Vater wuchtet das Gepäck in den Kofferraum eines breiten schwarzen Wagens. Dann drängen alle sechs Mädchen ins Wageninnere. Solange die Türen offen und noch nicht alle Familienmitglieder an Bord sind, ist das Licht an und Ilka kann Caridads Gesicht genauer sehen. Wie hell ihre Haut ist! Auch die Schwestern sehen nicht sehr südländisch aus, gar nicht nach Kaffeewerbung. Die kleinste ist sogar mittelblond. Allesamt sind sie blasser als Ilka selbst jetzt im September, als würden sie nie die Sonne zu Gesicht bekommen.
Ilka ist froh, dass sie einen Fensterplatz hat und hinaussehen kann. Obwohl es dunkel ist. In ihrem Kopf dröhnt immer noch der Flugzeugmotor. Sie weiß nichts zu sagen, ist auch viel zu müde, schwer von der Angst, erschöpft auch von der Vorfreude. Alle Schwestern gackern durcheinander, jede will etwas wissen, nur Caridad ist ganz still. Ein Glück, dass sie alle Französisch sprechen.
Von der Stadt, die das dicke Auto sanft brummend durchquert, kann Ilka nichts sehen. Nur Lichter, Ampeln, Straßenlaternen. Endlich biegen sie in eine Einfahrt ein, halten unter einem säulengestützten Vordach. Licht fällt aus der sich öffnenden Haustür, die Silhouette einer Frau taucht auf. Noch ein Küsschen auf die Wange.

»Willkommen zu Hause!«, sagt Doña Miranda, Caridads Mutter. Ihre Stimme klirrt wie Eiswürfel im Glas. Sie zieht Ilka an der Hand ins Haus und setzt die Brille auf, die an einer rubinroten Kordel um ihren Hals hängt. Die beiden mustern sich. Doña Miranda ist klein und drahtig, spitzes Kinn, spitze Nase, funkelnde Augen, die dünnen Lippen hat sie mit zyklamfarbenem Lippenstift nachgezogen. Don Rafael, der Vater, ist auch bei Licht betrachtet ein breiter Riese gegen die weibliche Abteilung der Familie. Er hat melancholische Augen, einen gepflegten grauen Schnurrbart und eindrucksvoll buschige Augenbrauen.
Immer noch reden alle gleichzeitig, aber Ilka will nicht mehr reden, nur schlafen. Weil mit so einem Gast wenig anzufangen ist, bringt man sie zu ihrem Bett. Sie wird mit Caridad in einem Zimmer schlafen. In diesem Moment ist alles egal. Sie duscht noch und verkriecht sich unter mehrere dünne Decken. Das Bett ist klamm und riecht wie ein altes Handtuch.
Ilka wird von Krokodilen träumen.

Ein Clown vor dem Fenster

An ihrem ersten Morgen in Costa Rica schafft es Ilka, so aufzuwachen wie geplant: nicht gleich die Augen aufmachen. Erst mal nur riechen. Die Luft ist jetzt wärmer, aber immer noch sehr feucht. Dann lauschen: Genau wie im Drehbuch vorgeschrieben, ruft vor dem Fenster ein Vogel. Es ist ein melodiöser Ruf. Er besteht aus Flöten, Kreischen und Kollern. Das klingt nach Zoo oder der Rubrik »Entlaufen/Entflogen«. Der ist aber nicht entflogen. Ilka kriegt kaum Luft vor Glück. Der ist nicht entflogen, der ist echt, der wohnt da draußen, ganz ohne Gitterstäbe, und ruft bestimmt jeden Morgen mit seiner Clownstimme. Bestimmt ist er knallbunt. So einer muss einfach knallbunt sein!

Jetzt macht Ilka die Augen auf. Sie liegt zu weit vom kleinen Fenster entfernt, um draußen mehr erkennen zu können als Sonnenlicht. Da sind doch Gitterstäbe, vor dem Fenster nämlich. Die sperren nicht den Vogel ein, sondern die Menschen.

Von Caridad im Bett an der anderen Wand ist nur ein dunkler Haarschopf und ein unförmiger Deckenwulst zu sehen. Es muss noch früh sein, im Haus regt sich nichts.

Ilka schließt die Augen. Das ist ihr Abenteuer. Jetzt hat es angefangen. Alles ist anders, alles ist fremd. Wo alles so anders ist, gibt es keine gerade verlaufenden Schienen mehr. Sie ist frei.

Jetzt, wo es hell ist, hat sie gar keine Angst mehr. Sie fühlt sich so leicht, als könnte sie aus dem Bett an die Decke schweben. Eigentlich wäre das der perfekte Moment für eine Eintragung ins Tagebuch, aber das steckt noch in der Handtasche, und die steht in der anderen Zimmerecke. Wenn Ilka jetzt aufsteht, fällt ihr wahrscheinlich was runter und sie weckt Caridad. Das ist nicht, wie wenn sie mit ihrer Freundin Meike in einem Zimmer schläft. Meike und Ilka kennen sich seit der Grundschule und haben schon oft in einem Zimmer geschlafen. Wenn Ilka früh wach ist und durch den Raum geistert, zieht Meike sich einfach die Decke über die Ohren.

Über Caridad weiß Ilka nicht viel. Sie haben sich drei, vier vorsichtige Briefe geschrieben. Ilka hat immer noch nicht verstanden, was die Familie eigentlich von ihr erwartet, warum sie überhaupt kommen soll. Aber Caridads Briefe klangen so, als sei Ilka ihr ganz persönlicher Gast. Caridad schwärmt von Europa, von den alten Kirchen und Schlössern und, das findet Ilka sehr ungewöhnlich, von Opernmusik.

»Costa Rica hat zu wenig Kultur!«, hat sie geschrieben. Da ist sie wieder, die Kultur. Ilka hat noch nie eine Oper im Theater gesehen, aber kreischende Sopranistinnen kann sie jedenfalls nicht ausstehen. Schlösser sind in Ordnung, vor allem Schlossruinen.

Caridad ist zwei Jahre älter als Ilka, also neunzehn, eigentlich schon eine erwachsene Frau. Sie besucht so eine Art Sekretärinnenschule und hat keinen Freund, schrieb aber trotzdem – oder gerade deswegen – auffallend viel über Männer. In ihrer Bekanntschaft scheint es einige attraktive Exemplare zu geben – auch für Ilka! Schon in ihrem ersten Brief hat Caridad dem künftigen Gast ihre zahlreichen »schönen Cousins« angepriesen.

»Die wollen dich gleich verkuppeln!«, hat Meike festgestellt. Sie haben sich Ilkas Hochzeit mit dem reichen Sohn des Plantagenbesitzers – drunter geht es natürlich nicht! – in den buntesten Farben ausgemalt. Meike wird Trauzeugin, klar. Alle tragen weiße Kleider und Hüte und trinken Kaffee-Krönung vom eigenen Feld. Merkwürdige Vögel werden merkwürdige Lieder singen. Das Hochzeitsbuffet biegt sich unter der Last exotischster Früchte. Ein glutäugiger Gitarrenspieler schlägt die Saiten, während der Bräutigam, die Hand an der Machete, ein misstrauisches Auge auf alle anwesenden Männer hat, die Ilka womöglich entführen könnten.

»Aber eigentlich lieber nicht«, hat Meike dann gesagt. »Komm lieber wieder.«

Meike hat sowieso nicht verstanden, warum Ilka wegmusste. Wenn Ilka ihr schreibt, wie aufregend alles ist, wird sie es vielleicht verstehen. Sie fängt gleich an, im Kopf einen Brief zu formulieren. Ungefähr nach der vierten Seite rappelt es endlich irgendwo im Haus. Gedämpfte Schritte. Wasserspülung. Ilkas erster Tag in der Fremde kann beginnen.

Schamanenzauber und Morgenmäntel

»Hast du keinen Morgenmantel? Dann leih ich dir einen.«
Ilka hat keinen Morgenmantel. Noch nicht mal zu Hause in Deutschland hat sie einen Morgenmantel. Wozu braucht der Mensch so ein Teil überhaupt? Ilka kann Morgenmäntel nicht leiden. Wer nicht aufstehen und sich anziehen will, der soll doch im Bett bleiben, bitte schön. Sie selbst steht nicht besonders gerne halb angezogen vor lauter fremden Leuten herum, selbst wenn diese ihrerseits auch alle im Morgenmantel vor ihr stehen.
Der von Caridad geliehene Morgenmantel reicht Ilka bis an die Knie. Es handelt sich um eine Art zu groß geratenen, gesteppten Kaffeewärmer. Genau das Richtige, um sich sofort nach dem Aufstehen sterbenskrank zu fühlen und vermutlich auch so auszusehen.
Die Köchin trägt keinen Morgenmantel. Die Köchin trägt: ein abgewetztes Schürzenkleid, darunter dünne Beine in ausgeleierten Sandalen, das lange Haar halb geflochten, halb schon wieder aufgelöst. Sie trägt noch mehr: die Kaffeekanne und die Milch, beides auf einem Silbertablett.
»Das ist Juana«, stellt Caridad vor. »Sie kommt aus Guatemala.«
Ilka schämt sich noch mehr in ihrem Morgenmantel. Sie möchte Juana die Hand geben, aber Juana hat wegen des Silbertabletts keine Hand frei. Außerdem ist ihre Miene ziemlich abweisend. Ilka zieht ihre Hand zurück, aber den Blick kann sie nicht von Juana abwenden.

Steinalt sieht sie aus. Eine steinalte Indiofrau. Ihre Augen liegen unter den faltigen Augenlidern ganz versteckt. Erst als sie die Teller abräumt, gelingt es Ilka, einen kurzen Moment lang in diese Augen hineinzusehen – und irgendwie doch nicht. Sie sind milchig, distanziert, als lebe Juana in Wirklichkeit ganz woanders. Ilka denkt, wenn sie richtig tief in diese Augen hineinsehen würde, dann würde sie darin die Palmblattdächer eines Indiodorfes sehen, eine Horde johlender Kinder, magere Hunde, zahme Äffchen. Sie würde den Dorfzauberer sehen, den Schamanen, der Juanas Körper in die Fremde geschickt hat. Sie riecht die Kräuter, die er verbrennt, hört seinen kehligen Gesang. Vielleicht ist Juanas Verbannung eine Strafe, vielleicht hat sie gegen irgendwelche Stammessitten verstoßen. Bestimmt gibt es in so einem Dorf viele Sitten, gegen die man verstoßen kann. Noch mehr als in einer deutschen Kleinstadt.
Juana verschwindet in die Küche, Ilka erwacht aus ihrer Verzauberung und konzentriert sich wieder auf die Tischrunde. Da sitzen die fünf Bademantelschwestern. Während Ilka ihr staubtrockenes Brot mit Guavenmarmelade kaut, studiert sie die Gesichter.
Caridad ist die Älteste. Sie sitzt ganz still und zusammengezogen an ihrem Platz und hält die Brotscheibe in ihren gerade ausgestreckten Fingern. Wenn sie abbeißt, fällt kein Krümel herunter. Die vier jüngeren Schwester dagegen sind in ständiger Bewegung, entreißen einander die Butter, lassen das Messer auf den Tisch fallen und trommeln mit den Füßen gegen die Stuhlbeine.
Mariela ist die Zweitälteste, sie ist ein Jahr jünger als Ilka, Claudia ist zwei Jahre jünger und gleich groß wie Mariela, aber ein bisschen breiter und mit wilderen Haaren. Mariela mit ihrer Stupsnase und den langen Wimpern ist die Hübsche-

re von beiden. Immer wenn Ilka aufschaut, starrt Mariela sie mit kalten, honigfarbenen Augen an, nicht unfreundlich, aber auch nicht freundschaftlich, eher vielleicht noch wissenschaftlich interessiert. Als beobachte sie eine Laborratte. Ilka kann den Blick nicht lang aushalten, sie schaut nach rechts zu den beiden Jüngsten, Roberta und Josefina. Die beiden kreischen und schreien die ganze Zeit viel lauter durcheinander, als man es von zehn- und zwölfjährigen Mädchen erwarten würde. Ilka versteht ja nicht viel, aber weil jeder ihrer Sätze mit einem klagenden »Maaa-mi, Josefina …« beziehungsweise »Maaa-mi, Roberta …« anfängt, verpetzen sie sich wohl dauernd gegenseitig.

Es gibt Orangensaft, frisch gepresst aus Früchten von einem Baum im Innenhof, dem *Patio*. Der Kaffee stammt ebenfalls vom eigenen Strauch, sagt Doña Miranda. Der Strauch wächst allerdings nicht im Garten, sondern auf »einer unserer Plantagen«. Erstaunlich, wie dünn der Kaffee bei all dem Reichtum ausgefallen ist! Damit würden die Gastgeber bei der Traumhochzeit mit dem schönen Cousin nicht durchkommen. Die Gäste würden ihre Tasse angewidert halb voll stehen lassen, und die Hausherrin würde sich vom schlechten Gewissen gebeutelt fragen … Ilka schüttelt sich. Diese ganzen Klischees, diesen ganzen Mist, den ihr die Werbung in den letzten siebzehn Jahren ins Hirn gestopft hat, möchte sie so schnell wie möglich loswerden. Damit Platz ist für all das Neue, das hier passieren wird.

Nach dem Frühstück macht keiner Anstalten, den Morgenmantel gegen Straßenkleidung einzutauschen. Ilka ruckelt ungeduldig auf ihrem Stuhl herum. Da draußen scheint die Sonne auf ein Land mit fremden Bäumen, fremden Vögeln, fremden Menschen, fremden Bergen …

»Dann packe ich mal aus«, sagt sie, um irgendeine Bewegung in die Situation zu bringen.

Als Ilka alle Geschenke verteilt und ihre Sachen in zwei Schubladen der dicken Spiegelkommode gestopft hat, ist immer noch keiner angezogen. Ilka geht in den Patio. Da stehen Orangen- und Limonenbäume und man kann den blauen Himmel sehen. Nicht schlecht ist das, aber dieser Garten hat vier Wände wie ein Zimmer.

Zwischen einem Rosen- und einem Hortensienstrauch kriecht eine kleine rot getigerte Angorakatze hervor und maunzt herzzerreißend. Ilka bückt sich, und die Katze kommt mit hochgestelltem Schwanz auf sie zugeschossen.

»Ist das eure?« Das ist eine blöde Frage, und Mariela, die daneben steht, zieht eine Augenbraue hoch.

»Das ist Wendy. Als die klein war, war sie total süß.«

»Ist sie doch immer noch.« Ilka streichelt die Katze und stellt fest, dass deren Fell völlig verfilzt ist. Die müsste man mal bürsten, denkt sie, sagt aber nichts. Nur nicht gleich am ersten Morgen kritisieren.

Die Tür zur Küche geht auf, Juana stellt der Katze einen Teller hin und lockt mit einem schmatzenden Geräusch. Die Katze flitzt hin und reibt sich an Juanas dünnen Beinen. Juana lächelt beinahe, aber dann sieht sie, dass Ilka und Mariela sie beobachten. Sofort hat sie wieder ihr unnahbares Schamanenzaubergesicht.

Die schwarze Mumie

Die Großmutter hat zur Begrüßung Blumen und Kuchen geschickt.
»Wir sollten hingehen und uns bedanken«, schlägt Caridad vor.
Aber ja, das sollten sie, sollten sie unbedingt! Ilka hat schon ihr T-Shirt in der Hand. Am liebsten würde sie gleich den Fotoapparat mitnehmen, aber das lässt sie dann doch.
Es dauert noch eine kleine Weile, bis Caridad angezogen und dezent geschminkt ist. Ilka steht ungeduldig im Flur und mustert sich im Garderobenspiegel. Was sie sieht, begeistert sie nicht. Na ja, es war eine lange Reise. Da kann keiner am nächsten Morgen schon fit wie ein Turnschuh aussehen.
Endlich taucht Caridad aus dem Bad auf. »Gehen wir!« Über der Haustür hängt ein Kruzifix. Caridad bekreuzigt sich und macht die Tür auf.
Kurz darauf steht Ilka im blendenden Sonnenlicht. Ihr Herz klopft wild. Die Sonne steht fast senkrecht und wirft nur einen ganz winzigen Schatten wie einen abgestreiften Rock um Ilkas Füße. Sie möchte vier Augenpaare haben, an jeder Seite ihres Kopfes eins. Von allen vier Himmelsrichtungen her wachsen schäumende Wolkenmonster in den Himmel. Die vier Augenpaare würden hauptsächlich Grün sehen. Grün in allen Schattierungen. Gartengrün allerdings, keine Wildnis. Alles angepflanzt. Dunkle Bäume, helles Gras. Alles glänzt wie frisch lackiert. Es sind die Gärten eines Villenviertels. Kalt und blass stehen Häuser inmitten des Grüns, weiße Häuser mit Freitrep-

pen oder Vordächern auf Säulen, Emporen und Balkons. Ilka möchte stehen bleiben und sich alles genau ansehen. Aber Caridad drängelt.

Sie setzen sich in Bewegung.

»Großmama hat das ganze Land hier mal gehört.« Caridad weist mit einem weiten Schwenk ihres Arms auf die umliegenden Gärten und Häuser. »Das waren alles unsere Plantagen, als die Stadt noch nicht so groß war.«

»Schade«, sagt Ilka. Und als Caridad sie erstaunt ansieht, fügt sie hinzu: »Ich meine, wegen der Plantage.«

»Heute ist das hier das beste Viertel der Stadt!« Caridad mustert Ilka mit freundlicher Nachsicht. »Hier wohnen überall Minister und andere gute Familien. Gesindel treibt sich hier nicht rum.«

Ilka möchte gerade genauer fragen, wen sie mit Gesindel meint, da sind sie auch schon am Haus der Großmutter angelangt.

Caridad drückt auf eine Klingel. Ein junges Mädchen öffnet die Tür. Vielleicht eine Kusine von Caridad? Ilka streckt ihr die Hand hin:

»Guten Tag!«

»Die Señora ist im Salon!«, sagt das Mädchen. Fehlt nur, dass sie knickst! Caridad beachtet sie nicht weiter und geht ins Haus hinein. Ilka reibt sich fröstelnd die Arme, als sie ihr folgt.

Es ist ganz dunkel, weil die schweren Vorhänge zugezogen sind. Kein Laut dringt herein, auch die Vogelstimmen nicht. Aber was noch viel merkwürdiger ist: Die Möbel und selbst die Bilder in den Räumen, die sie durchqueren, sind mit weißen Laken verhängt. Als würde hier längst keiner mehr wohnen.

»Gegen den Staub«, flüstert Caridad. »Hier wird alles so schnell staubig.«

Sie betreten jetzt ein Zimmer mit unverhüllten Möbeln. In einem Sessel hockt zusammengekauert eine dürre schwarze Gestalt.
Eine irre Fantasie: Die tote Großmutter sitzt mumifiziert in ihrem Sessel. Hin und wieder besucht die Familie den Leichnam. Das Dienstmädchen verscheucht die Fliegen.
Glück gehabt, die Mumie bewegt sich, streckt Ilka eine Knochenhand entgegen, die mit überraschender Kraft zudrücken kann.
»Sprichst du Spanisch?«, fragt die Großmutter. Ihre Stimme ist tief und so kräftig wie ihr Händedruck.
»Ein bisschen.«
»Du wirst es lernen.« Das ist ein Befehl.
Ilka hat einen Moment lang das Gefühl, sie müsste der alten Dame vielleicht die Hand küssen, lässt es dann aber lieber. In ihrem Nacken kitzelt eine Gänsehaut, als würde ihr jeden Moment einer von hinten ein Leichentuch überwerfen.
»Es wird bald regnen«, sagt die alte Frau und wendet ihr Gesicht dem Fenster zu, obwohl sie durch die vorgezogenen Vorhänge die Wolken da draußen gar nicht sehen kann.
Ilka atmet auf, als die Haustür sich wenig später wieder hinter ihnen schließt. Jetzt erscheinen die Gärten noch bunter als zuvor. Ilka entdeckt einen Kolibri! Winzig, schillernd, grün, mit Brummflügeln wie eine Hummel.
Die gibt es also wirklich! Ilka stellt fest, dass sie bis heute nicht wirklich daran geglaubt hat.

Silberglöckchen

Der Vater hat an einem Ende der langen Tafel Platz genommen. Mutter und Töchter verteilen sich an den langen Seiten des Tischs. Ilka sitzt Don Rafael gegenüber.
Der schüchtert sie ein bisschen ein mit seinen Augenbrauen, den grauen Schläfen und dem Blick eines flügellahmen Adlers. Ilka weiß von Tante Noras Bekannten, dass er ein wichtiger Mann ist, ein hoher Politiker. Ein Mann, der ganz selbstverständlich mit dem Staatspräsidenten Kaffee trinkt und deutschen Außenministern die Hand schüttelt. Ilka fühlt sich sehr klein und unbedeutend.
Neben dem Teller der Señora steht ein kleines, feines Silberglöckchen.
Als alle sitzen, greift sie nach dem Glöckchen und läutet.
Ilka muss sich ein Grinsen verkneifen.
Die Schwingtüren zur Küche poltern, herein stapft die alte Indiofrau mit dem Silbertablett, darauf zwei Schüsseln: die Suppe.
Dem Hausherrn serviert Juana zuerst. Es platscht nur so in den Teller. Die Hausherrin hat das Glöckchen wieder hingestellt und die rechte Hand an die Schläfe gelegt. Gequält beobachtet sie die Köchin.
»Sie hat wieder diese ekelhafte alte Schürze an«, sagt sie auf Französisch zu ihrem Mann. »Ich hab ihr gesagt, dass ich sie darin nicht mehr sehen will.«
Ganz offenbar versteht die Köchin kein Französisch. Sie geht

unbeirrt um den Tisch herum und klatscht jedem eine Kelle voll Suppe in den Teller. Mariela kreischt, als es ein bisschen spritzt.
Als Ilka der Suppendampf in die Nase steigt, merkt sie, wie hungrig sie ist. Sie löffelt mit Appetit. Erst als sie den Löffel in den leeren Teller legt, sieht sie auf und stellt fest, dass alle anderen schon fertig sind und sie abwartend ansehen.
»Sehr lecker!«, sagt sie verlegen.
Die Señora nickt, dann läutet sie wieder.
Unter energischem Geklapper räumt Juana wieder ab. Auf dem Weg zur Küche verliert sie zwei Löffel und flucht unterdrückt vor sich hin.
Ilka beißt sich auf die Unterlippe um nicht zu kichern.
Don Rafael und Doña Miranda sehen nicht so aus, als fänden sie Juanas Auftritt besonders lustig. Der Señor tupft sich die Lippen mit der Stoffserviette ab. Die Señora starrt verbissen vor sich hin auf einen Suppenfleck.
Als Nächstes kommen eine Schüssel Reis und eine Schüssel schwarze Bohnen auf den Tisch. Don Rafael wird sehr feierlich.
»Das ist unser Nationalgericht: Reis mit schwarzen Bohnen. Das gibt es jeden Tag, in den armen wie in den reichen Häusern.« Er lädt Ilka höchstpersönlich eine große Portion auf. Die anderen nehmen nur jeweils einen halben Löffel Reis und einen Viertellöffel Bohnen, picken darin herum und schieben dann den Teller zurück.
Das eigentliche Essen gibt es erst danach: Fleisch, Gemüse und zum Nachtisch einen Salat aus Ananas und Papaya.
Nach dem Essen wird es plötzlich finster im Haus. Die Wolkenmonster, die vormittags schon ringsum in den Himmel gewachsen sind, prallen über den Dächern zusammen und ent-

laden sich. Blendend helle Blitze flackern, der Donner rollt ununterbrochen und der Regen geht dick wie ein Wasserfall und mit Getöse auf das Blechdach nieder. Die Einfahrt steht unter Wasser, und wenn ein Auto vorbeifährt, spritzen hohe Fontänen auf. Sturmböen beugen die Bäume und schütteln die Stauden.
Ilka steht am Fenster.
»Wahnsinn! Bei uns gibt es nie so starke Gewitter.«
»Hier ist das jeden Nachmittag so. Jedenfalls in der Regenzeit.« Caridad stellt sich neben Ilka. Sie riecht wieder nach Feuchtigkeitscreme, diesmal vermischt mit Apfelshampoo. Das ist nichts Unbekanntes, ein Mädchen in Ilkas Klasse riecht auch so. Ilka muss über ihre eigene Enttäuschung lachen. Erwartet sie, dass die Mädchen hier nach Urwaldblüten duften oder nach Ananas?
Stunde um Stunde prasselt der Regen. Die Blitze zucken so dicht, als wäre soeben der Papst zu einem Fototermin auf seinen Balkon getreten. Feuchtigkeit kriecht durch die Glasjalousien. Ilka muss sich einen Pullover überziehen.
Abends ruft Ilka die Mutter an. Sie soll wissen, dass sie heil angekommen ist. Komisch, die Stimme der Mutter klingt ganz nah. Dabei liegt ein Ozean dazwischen, ein Ozean, den man nicht rauschen hört.
Mama hat schon tausend Fragen, aber telefonieren ist teuer, hat Caridad gesagt.
»Ich schreib dir alles!«, ruft Ilka. »Tschüs!«
Sie legt schnell den Hörer auf.
»Bist du nicht traurig?« Mariela steht an der Tür zum Patio und starrt Ilka an.
Die Laborratte Ilka schüttelt den Kopf. Quatsch, sie ist total glücklich. Es ist ja nur, weil die Mutter so bedrückt klang. Sie

wird ihr einen Brief schreiben. Aber erst, wenn sie mehr gesehen und erlebt hat. Ein Kolibri, ein Gewitter und eine mumifizierte Großmutter, das macht noch kein richtiges Abenteuer!

Eine gefährliche Ananas

Das ist jetzt also die andere Welt.
Ein anderer Erdteil zumindest.
Ein anderer Planet ist es jedenfalls nicht. Es gibt auch hier Menschen mit zwei Augen und zwei Beinen und Häuser und Straßen und einen Himmel mit nur einer Sonne und nur einem Mond.
Aber es muss hier auch unendlich vieles geben, was diesen Ort von zu Hause unterscheidet! Immerhin ist es ein Land, in dem Kaffee und Bananen wachsen und die Sonne senkrecht steht! Und irgendwo ist auch Regenwald, richtig echter Urwald, kein von Holzbauern angepflanztes Baumfeld wie der deutsche Wald.
Doña Miranda fährt mit Ilka in die Stadt, Dollars wechseln. Sie nehmen den Mikrobus. Das ist nicht, wie man aus dem Namen schließen könnte, ein Krankheitserreger, sondern eine Art Menschenlieferwagen, der sich zwischen hupenden Taxis und brüllenden roten Bussen hindurchschlängelt.
Ilka klebt an der Scheibe – die ist wirklich ziemlich klebrig! – und starrt hinaus. Die Gärten links und rechts der Straße schrumpfen und verschwinden dann ganz. Jetzt stehen nur noch mit rostigem Wellblech gedeckte Holzhäuschen Wand an Wand. Das eine ist armselig aus rohen Brettern, alten Türen, ja, Blechteilen zusammengenagelt, das nächste wieder liebevoll hergerichtet und knallbunt angestrichen. Über Straßen und Häuser rankt sich ein Gewirr von Strom- und Telefonleitun-

gen. Wie Säulen stehen die Stämme riesiger Palmen am Straßenrand. Die Kuppel einer blendend weißen Kirche wölbt sich über das Rostrot der Dächer. Auf unbebauten Grundstücken wachsen meterhoch Gras und Schilf.

Der Mikrobus ist doch ein Krankheitserreger, ein Seekrankheitserreger, der reifenquietschend um die Kurven schleudert. An einem großen Platz mit vielen Palmen halten sie an.

»Plaza Central«, sagt die Señora. »Von hier fahren die Busse auch wieder zurück. Das musst du dir merken, falls wir uns verlieren. Und pass auf deine Handtasche auf.«

Kaum ist Ilka mit wackligen Knien ausgestiegen, da reißt der Trubel sie schon mit. Überall Menschen. Bunte, laute Menschen. Dicke Frauen schleifen riesige, pralle Strohtaschen. Kinder in blauen Schuluniformen tragen ihre Bücher und Hefte gebündelt unter dem Arm. Ein zahnloser alter Mann im speckigen Lumpen-T-Shirt redet auf einen Schuhputzjungen ein, der einem Geschäftsmann im weißen Hemd die Schuhe poliert. Mitten auf dem Platz lassen drei alte Männer die Schlägel über die Klanghölzer einer Marimba tanzen. Mehrere Paare, alle nicht mehr die Jüngsten, schieben sich im Takt der Musik über das Pflaster. Überall sind Buden aufgestellt, einfach gezimmerte, bunt bemalte Verkaufsstände, beladen mit Früchten und knallig bunten Süßigkeiten. Ein Verkäufer strahlt Ilka an und hält ihr zum Probieren eine Viertelscheibe Ananas hin. Ilka will schon zugreifen, aber die Señora zieht sie schnell weiter.

»Iss niemals auf der Straße«, sagt sie. »Diese Leute sind schmutzig. Du könntest dir sonst was holen.«

Ilka schämt sich ein bisschen vor dem netten Verkäufer.

Schon stehen sie vor der Bank. Die wird von mehreren finster dreinblickenden Männern mit Maschinenpistolen bewacht,

aber Ilka kriegt trotzdem ihr Geld. Allerdings dauert es trotz Señoras Hilfe eine ganze Weile, bis alle Formalitäten so umständlich wie nur möglich erledigt sind.
Als Ilka aus dem klimatisierten Gebäude ins Freie tritt, klatscht ihr die Stadtluft wie ein heißes, feuchtes Handtuch um die Ohren.
Von allen Seiten brüllen Dieselmotoren, erklingt vielstimmiges Hupen. Ilka kriegt kaum Luft. Wie eine Schlafwandlerin möchte sie losgehen, mitten hinein in die Farben, die Gerüche, den Lärm. Aber da ist wieder die Hand der Señora an ihrem Ärmel.
»Ich möchte noch beten!«
Im Innern der weißen Kathedrale flackern Kerzen. Gemurmel wabert zwischen den reich geschmückten Wänden. Die Señora kniet in einer Bank nieder. Ilka bleibt verlegen im Mittelgang stehen. Sie möchte sich nicht dazuknien, auch nicht setzen. Das hier ist nicht ihre Welt. Als kleines Kind ist sie manchmal noch in die Kirche gegangen. Aber seit Jahren kann sie mit dem Weihrauch- und Kerzenzauber nichts mehr anfangen.
Endlich erhebt sich die Señora.
»Jetzt fahren wir nach Hause«, sagt sie. »Es wird bald regnen. Ich bin froh, wenn wir wieder draußen sind. Die Stadt stinkt, ist laut und überall Verbrecher.«
»Gibt es hier so viele? Verbrecher, meine ich.«
»Es wimmelt. Keinem kann man trauen, nicht einmal einem Kind!«
Ilka sieht sich um. Na, ein paar zerlumpte Gestalten lungern hier schon herum. Ilka kann allerdings nicht erkennen, ob sie bloß arm sind oder ob sie tatsächlich Böses im Schilde führen. In einer deutschen Fußgängerzone würde sie einen Bogen um diese abgerissenen Typen machen, das ist klar. Die Lumpen-

kinder tun ihr eigentlich nur Leid. Wenn die klauen, dann haben sie es wahrscheinlich nötig.
Außerdem ist ihre Neugier viel größer als die Angst vor Dieben. Sie würde zu gern noch ein paar Schritte gehen und sich alles anschauen.
Als der Mikrobus der Plaza Central den Auspuff zukehrt, dreht Ilka sich zum Rückfenster um, starrt zurück in das bunte Gedränge.
Sie hat das Gefühl, hier wird ein riesiges Fest gefeiert, und sie darf nicht mitfeiern.

Prinzessinnen kommen sich nie blöd vor

Zurück in der Villa stellt sie sich ans Fenster ihres Zimmers. Nicht nur die Fenster der Villa sind vergittert, auch um das Grundstück erhebt sich ein hoher, mit Spitzen und Dornen versehener Zaun.

»Gibt es wirklich so viele Diebe?«, fragt Ilka schon wieder.

»Nicht nur Diebe!« Caridad, die eben aus der Schule gekommen ist, reißt die Augen auf. »Die Verbrecher in diesem Land sind brutal. Da kannst du von Glück sagen, wenn sie dir nur die Handtasche klauen.«

»Manchmal hacken sie den Leuten einfach einen Finger ab, wenn sie einen Ring nicht runterkriegen!« Das ist Marielas Stimme.

Ilka schüttelt sich.

Zu Hause in der Kleinstadt hat es auch einmal einen Mord gegeben, aber das war ein Mord aus Eifersucht. Ansonsten werden Autos geknackt und ab und zu wird wohl auch in ein Haus eingebrochen. Aber auf der Straße hat Ilka noch nie Angst gehabt, noch nicht einmal nachts.

»Hier ist alles anders als in Europa.« Caridad räumt ihre Tasche aus und stapelt die Lehrbücher ordentlich der Größe nach auf ihren Schreibtisch. »Hier kannst du nicht einfach auf der Straße rumlaufen.« Und nach einer Pause: »Nachts natürlich überhaupt nicht.«

Nach dem Ausflug in die Stadt ist Ilka auf einmal sehr müde. Sie legt sich am hellen Tag ins Bett und schläft.

Das Abenteuer läuft nicht weg.

Gerade weil sie ständig müde ist, wird es Ilka in den ersten paar Tagen nicht langweilig, obwohl sie das Viertel nicht mehr verlässt. Es gibt immer noch ständig kleine Überraschungen, kleine Anzeichen dafür, dass in ihrem Leben jetzt eben wirklich alles anders ist.

Als Ilka zum Beispiel am dritten Morgen frisch geduscht mit nassen Haaren ins Zimmer schlappt, kauert ein wildfremder junger Mann auf den Knien vor ihrem Bett. In der einen Hand hält er einen Besen. Mit der anderen zieht er erst einen Schuh, dann ihr Tagebuch unter dem Bett hervor.

Es ist Romualdo. Der kommt einmal in der Woche putzen. Für die tagtägliche Staubwischerei, das Waschen und Bügeln und Bettenmachen ist ein Dienstmädchen namens Nancy zuständig, das jeden Morgen kommt. Außerdem gibt es noch einen Gärtner, der offenbar keinen Namen hat außer »Gärtner«.

Noch nie ist Ilka so von vorne und hinten bedient worden.

»Ich bin doch nicht Euer Dienstmädchen, holde Prinzessin«, sagt ihre Mutter immer. »Räum wenigstens den Tisch ab und spül das Geschirr. Und deine Klamotten kannst du auch gleich mal aufräumen.«

Jetzt hat Ilka ein Dienstmädchen, aber sie fühlt sich nicht wie eine Prinzessin. Sie kommt sich, ehrlich gesagt, ziemlich blöd vor.

Richtige Prinzessinnen kommen sich niemals blöd vor, wenn sie bedient werden. Die finden das total in Ordnung.

Aber Ilka hat schon als kleines Mädchen nicht viel von Prinzessinnen gehalten. In der Fasnachtszeit hat sie sich am liebsten als Cowboy oder Indianer verkleidet und die rosaroten Prinzessinnen an den Baum gefesselt und ausgelacht.

Wegen der Zeitverschiebung geht Ilka früh schlafen. Das ist

ein bisschen schade, denn tagsüber sitzt Caridad ständig über ihren Büchern. Meistens lernt sie noch, wenn Ilka schlafen geht.
Ilka hat sich noch gar nicht richtig mit Caridad unterhalten, obwohl sie sich inzwischen recht sicher ist, dass sie vor allem ihr diese Einladung zu verdanken hat.
Die anderen Geschwister beachten Ilka kaum. Denen ist wohl auch klar, dass sie zu Caridad gehört. Und mit der haben die jüngeren Schwestern nicht viel zu tun.
Es stimmt, zwischen Caridad und ihren Schwestern herrscht eine Distanz, die sich nicht nur durch den Altersunterschied erklären lässt. Caridad gehört nicht richtig dazu. Der Viererklub der jüngeren Schwestern spielt sich in allen Gesprächen unentwegt die Bälle zu. Sie machen sich wohl auch gerne über die ältere Schwester lustig, aber Ilka versteht nicht viel, wenn so schnell und so viel auf Spanisch geredet wird. Kann schon sein, dass sie sich lustig machen. Caridad ist viel ernster als die anderen und wirkt eher wie eine ängstliche Tante. Ihre Begeisterung für Opern muss den anderen auch merkwürdig vorkommen. Die sitzen nämlich vor dem Fernseher und ziehen sich Musikvideos auf MTV rein, sooft es nur geht. Ilka spürt ein bisschen Mitleid mit Caridad. Gut, dass sie jetzt da ist, da kann sie die große Schwester vielleicht unterstützen.
»Bringst du mir Deutsch bei?«, fragt Caridad unvermittelt, als Ilka gerade aus dem Zimmer gehen will. »Ein bisschen habe ich in Frankreich schon gelernt.«
»Klar!« Ilka ist überrascht. »Gerne!«
»Danke!« Das sagt Caridad auf Deutsch. So viel kann sie also schon.

Caridads Alptraum

Als Ilka am nächsten Morgen erwacht, hat sich der Schleier der Müdigkeit vor ihren Augen aufgelöst. Ein Viereck aus Sonnenlicht liegt auf dem Steinboden.

Ilka tapst ans Fenster und blinzelt: strahlend blauer Himmel.

Caridad wälzt sich müde im Bett herum.

»Ich hab furchtbar geträumt«, stöhnt sie. »Hab ich nicht im Schlaf geschrien?«

»Hast du nicht.« Ilka dreht sich zu Caridad um. »Was war denn?«

»Kommunisten sind mit Maschinengewehren durchs Fenster gestiegen.«

Ilka starrt Caridad überrascht an. Sie muss sich Mühe geben nicht zu lachen.

»Kommunisten?«

»Ja. In Europa habt ihr die ja verjagt, aber bei uns sitzen sie überall und hetzen das Volk auf.« Caridad setzt sich im Bett auf. »Schrecklich war das.« Jetzt ist sie wieder bei ihrem Traum.

»Woran hast du erkannt, dass es Kommunisten waren?«, fragt Ilka. Es ist eine etwas boshafte Frage, aber sie kann sie sich nicht verkneifen.

»Die erkennt man doch überall! An den dicken Bärten und weil sie so finster dreinschauen. Außerdem riechen sie komisch.«

Ilka kichert, verstummt aber, als sie Caridads gekränkte Miene sieht. Die meint das, was sie sagt, offenbar ganz ernst.

»Ich träum das oft«, sagt Caridad. »Vor denen habe ich wirklich Angst. Vielleicht bringen sie meinen Vater um, vielleicht uns alle.«

»Ich denke, in Costa Rica ist alles so friedlich?« Ilka ist verwirrt.

»Ja, aber gerade das passt den Kommunisten nicht. Die ärgern sich, weil es allen Leuten so gut geht. Die wollen einen Bürgerkrieg wie in anderen Ländern auch.«

»Ach, das glaube ich nicht.« Ilka ist ein bisschen verunsichert. Natürlich hat sie keine Ahnung, wie die politische Situation im Lande genau aussieht.

Aber an die Kommunisten als schwarze Männer aus den bösen Träumen glaubt sie auch nicht so ganz.

»So ein schöner Tag!« Ilka klappt die Glasjalousien auf und atmet die frische Luft ein. Richtig aufmachen kann man so ein Fenster leider nicht.

»Es ist kalt!«, beschwert sich Caridad und zieht die Decke bis an die Nase.

»Am liebsten würde ich jetzt gleich spazieren gehen«, sagt Ilka. »Schade, dass du heute nicht hier bleiben kannst.«

»Heute Nachmittag können wir eine Runde gehen.«

Nachmittags wird es bestimmt regnen. Die ganze Zeit war es so: morgens herrlichstes Wetter, abends Regen.

»Wir haben eben keine Ferien«, sagt Caridad. »Und allein kannst du unmöglich raus.«

»Nicht mal hier im Viertel?«

»Du kannst ja Papa fragen.«

Papa Rafael sitzt noch am Frühstückstisch und liest Zeitung. Ilka unterbricht ihn dabei ungern. Für Politiker bedeutet das Lesen der Morgenzeitung schon Arbeit, das ist klar. Trotzdem muss sie es wissen, bevor alle aus dem Haus sind.

»Kann ich heute ein bisschen rausgehen? Nur hier im Viertel.«

»Nein.« Die Zeitung senkt sich keinen Zentimeter.
»Wenn ich ganz in der Nähe bleibe?«
Jetzt erscheinen zwei gesträubte, grau melierte Augenbrauen über dem Rand der *Nación,* darunter zwei strenge, schokoladenbraune Augen:
»Nein. Ich trage die Verantwortung für dich, so als wärst du eine meiner Töchter. Das habe ich mit deiner Mutter so ausgemacht. Du bist wie eine Tochter und du hörst auf mich wie eine Tochter.«
Ilka schweigt. Die ganzen Jahre ist sie ohne autoritären Vater ausgekommen, und jetzt das! Ob der nicht ein bisschen übertreibt? Aber Augen samt Brauen sind bereits wieder hinter der Zeitung verschwunden. Widerspruch ist zwecklos.
Sie muss die Schwestern fragen, ob sie wirklich auch nie allein weggehen. Caridad ist doch immerhin volljährig!
»Zu zweit dürfen wir heute Nachmittag raus!«, tröstet Caridad. »Wenigstens, wenn wir nur in den kleinen Park gehen.«
Ilka zuckt mit den Achseln. Die werden es schon wissen. Sicher unterschätzt sie die Gefahren, die einem schutzlosen jungen weiblichen – noch dazu blonden – Wesen in dieser Welt drohen.
»Und am Wochenende machen wir einen großen Ausflug!«, verspricht Doña Miranda, die im Morgenmantel neben der Zeitung ihres Gatten sitzt. »Dann wirst du sehen, wie schön unser Vaterland ist.«
Es ist schon Donnerstag. So lange wird Ilka es wohl aushalten! Immerhin hat sie den Patio mit den Orangen- und Limonenbäumen, die gleichzeitig blühen und Früchte tragen. Sie stellt sich einen Stuhl hinaus und lernt spanische Vokabeln.

Böse Männer, schöne Männer

Caridad macht ihr Versprechen wahr und geht nachmittags mit Ilka spazieren.

Wie man mit einem Hund Gassi geht, denkt Ilka und findet sich gleich darauf ungerecht. Weil Spazierengehen eine offenbar ungewohnt sportliche Betätigung ist, zieht Caridad einen kanariengelben Jogginganzug und NIKE-Turnschuhe an.

Mit »Park« meint Caridad leider nicht den großen Landschaftspark, der das Villenviertel von einem bescheideneren Außenbezirk der Hauptstadt trennt. Dort wimmelt es von »Räubern, Dieben und unverschämten Leuten«. Bei Caridads Park handelt es sich um ein Rasenquadrat von der Größe eines halben Fußballfeldes. Dieses ist von einem geteerten Weg umrahmt und von zwei weiteren kreuzförmig durchschnitten. An der Kreuzung glotzt eine Bronzebüste mit leeren Augen in die Berge. Immerhin, die Berge kann man sehen, das ist schon was! Das sind keine Alpen und kein Schwarzwald, das sind richtig wilde amerikanische Berge, grün und schroff. Dahinter brodeln die dicken Wolken hoch, die dem Spaziergang über kurz oder lang ein Ende bereiten werden.

Auf dem Rahmenweg spazieren Ilka und Caridad Runde um Runde, wie Rennfahrer, denen die Polizei wegen Trunkenheit am Steuer die Führerscheine weggenommen hat.

»Erzähl mir von Deutschland«, sagt Caridad. »Ist das so ähnlich wie Frankreich? Ich war nie in Deutschland, nur einmal in der Schweiz.«

»Ist schon so ähnlich«, sagt Ilka. »Irgendwie aber doch an-

ders.« Sie muss lachen, weil das so eine lasche Antwort ist. »Deutschland ist eng«, sagt sie deswegen. »Überall Autobahnen und Lagerhallen und Neubauviertel. Und die Flüsse sind alle begradigt. Jeder Baum, der da wächst, ist von irgendwem geplant. Überhaupt ist alles geplant und kontrolliert.«
»Wie schön!«, seufzt Caridad. »Hier ist alles völlig unordentlich. Nichts klappt. Nur Durcheinander. Die Leute machen, was sie wollen. Und wenn man mit dem Auto von der Straße abkommt, wird man ausgeraubt oder man steht im Urwald.«
Ilka sieht sie erstaunt an.
»Magst du den Urwald nicht?«
Caridad schüttelt heftig den Kopf.
»Es gibt ja inzwischen viele Touristen, die extra herkommen, um durch den Urwald zu laufen«, sagt sie. »Das würde mir noch fehlen. Ich bin noch nie im Urwald rumgelaufen.«
»Mir würde das schon gefallen.« Ilka schaut träumerisch zu den Bergen hinüber. Dahinten fängt die Wildnis bestimmt schon an! »Ich will das unbedingt sehen.«
Caridad sagt dazu nichts. Sie starrt mit zusammengekniffenen Augen zur nächsten Straßenecke, von der sich eine männliche Gestalt nähert.
Caridad hält ständig nach Männern Ausschau.
Weil die Gestalt in ein Gartengrundstück abbiegt, erklärt Caridad Ilka, was es mit den Männern hier auf sich hat.
Sie lassen sich, wichtigste Lektion, in zwei Gruppen aufteilen: Die »bösen Männer«, die hinter jedem Busch lauern und darauf aus sind, Caridad ihre Uhr, ihre Ohrringe oder ihre Unschuld zu rauben.
Und die »schönen Männer«, denen sie sehnsüchtige Blicke nachsendet.
Ilka schaut Caridad von der Seite an. Hässlich ist sie ja nicht,

aber wohl auch nicht die Frau, die einen »schönen Mann« auf den ersten Blick aus seinen Joggingschuhen werfen könnte.
Davon abgesehen: Würde es einer wagen, sie auf der Straße anzusprechen, müsste sie ihn sofort in die Kategorie »böse Männer« einordnen. Das gehört sich nämlich nicht, sagt Caridad.
Ilka fällt ein Auto auf, das im Schritttempo neben einer fülligen Joggingfrau herfährt. Die Frau in Bonbonfarben, das Auto schwarz.
»Meinst du, der im Auto will sie überfallen?« Ilka beobachtet die Szene gespannt.
Caridad schüttelt lachend den Kopf.
Das ist der Chauffeur, der aufpasst, dass die Dame nicht entführt, vergewaltigt, beraubt wird oder vor Erschöpfung zusammenbricht.

Ilka hat einen Brief von Meike gekriegt. Die will wissen, wie es um die »schönen Cousins« bestellt ist.
»Wenn es zu viele sind«, schreibt sie, »kannst du mir auch gleich einen reservieren. Hier regnet es schon wieder die ganze Zeit. Ich bin schon gar nicht mehr braun, sondern weiß wie ein Grottenolm.«
Gerade an diesem Abend wird Ilka das erste Exemplar der schönen Cousins vorgestellt. Er heißt Marcos, ein richtiger Latino mit dunklem Haar, dunkler Haut, dunklen Augen.
»Er studiert Jura!«, flüstert Caridad. »Sein Vater wird ihm später eine Superstellung verschaffen!«
Ilka sieht den zukünftigen Superjuristen an der Hochzeitstafel sitzen. Frauen in weißen Rüschenkleidern flattern wie Schmetterlinge um ihn herum. Da kippt Ilka sich ihren Krönungskaffee über das teure Kleid. Alle schreien auf, ein dröhnender

Donnerschlag, die Rüschenschmetterlinge verwandeln sich in hässliche, borstige Raupen, die in den Regenwald davonkriechen.
»Gefällt er dir nicht?« Caridad stellt die Frage schon, als der Cousin gerade so außer Hörweite in sein weißes Cabrio steigt.
»Ganz nett.« Ilka zuckt mit den Schultern. »Aber nicht mein Typ.«
»Macht nichts. Der ist ja auch sehr *Moreno«,* tröstet Caridad. »Ich hab noch mehr Cousins. *Macho* würde viel besser zu dir passen.«
Macho, erfährt Ilka bei dieser Gelegenheit, heißt hier nicht Mann mit Männlichkeitswahn, sondern einfach so viel wie blond. Ilka selbst ist auch eine *Macha.*
»Den kannst du mir ja mal vorstellen«, sagt Ilka. Das Spiel mit den Cousins bringt ein wenig Spannung, und wenn tatsächlich ein Prinz dabei ist, hat sie auch nichts dagegen. Vielleicht hebt er sie auf sein Cabriopferd und reitet mit ihr hinaus in die fremde Welt, von der sie bis jetzt nicht viel gesehen hat.

Attraktionen, Attraktionen!

Das ersehnte Wochenende kommt, und am Samstag fahren tatsächlich alle zusammen los: ins größte Einkaufszentrum der Stadt. Dort wimmelt es nur so von Attraktionen: ein US-amerikanischer Hamburgerbrater, ein Supermarkt, groß wie eine Kleinstadt, eine Drogerie, die importierte Kosmetikartikel feilbietet, eine dänische Eisdiele. Na, da kommt doch die deutsche Kleinstadt mit ihrem Erlebnissonntag bei weitem nicht mit!

Ilka steht gelangweilt herum und schaut die Wolken an. Wolken sind hier keine Schleier, keine dünnen Decken. Sie sind massiv wie Kontinentalplatten, schieben sich übereinander und wachsen kochend und brodelnd kilometerdick in den Himmel, laufen dann rabenschwarz an, und wenn sie die Sonne verschlingen, glaubt Ilka nicht, dass sie sie jemals wieder sieht.

Auf dem Rückweg vom Einkaufszentrum – Ilka sitzt stumm eingequetscht auf der Rückbank – taucht vor einer roten Ampel im Regen ein trauriger Losverkäufer auf. Die vier jüngeren Schwestern kreischen gleichzeitig los: »Paa-pi! Gib uns Geld, Paa-pi!«

Don Rafael ist heute – auch er hat Wochenende – gut gelaunt. Er kurbelt die Scheibe herunter und kauft allen Mädchen ein Los. Die Schwestern diskutieren schon, wofür sie die Millionen ausgeben werden: Markenjeans, ein dickes Auto, eine Reise nach Disneyworld.

Der Losverkäufer zieht sich die abgewetzte Kappe tiefer ins dunkle Gesicht und drückt sich unter ein Vordach. Sicher fragt er sich, wozu die Mädchen in der schwarzen Limousine noch

mehr Geld brauchen, als sie doch offensichtlich schon haben. Ilka verschiebt ihre Ausflugsträume auf den Sonntag, aber auch da fällt das Programm nicht nach ihrem Geschmack aus: Die Familie wirft die Morgenmäntel nur ab, um die katholische Messe zu besuchen. Ilka beschließt, dass auch katholische Messen in Costa Rica etwas Exotisches sind.
Ein Wochenende zwischen Morgenmänteln, Fernsehserien, Reis und Bohnen, Liturgie und Lotterie.
Aber es ist ja nur das erste, das erste von vielen Wochenenden.
Am Montag geht in Deutschland die Schule wieder los. Jetzt in der zwölften Klasse gibt es keine Klassenverbände mehr, nur noch bunt zusammengewürfelte Kurse. Meike hat Deutsch und Geografie gewählt. Eigentlich wollte sie Biologie nehmen, aber jemand hat ihr gesagt, im Biologiekurs muss man ein Ochsenauge aufschneiden. Meike wird es aber schon schlecht, wenn sie an der Auslage vom Metzger vorbeigeht. Sie isst seit Jahren kein Fleisch. Ilka muss ihr schwarze Bohnen mitbringen. Don Rafael sagt, Reis und schwarze Bohnen enthalten alles, was der Mensch braucht.
Trotzdem kriegt er jeden Tag ein großes Stück Fleisch dazu.

Eine Madonna geht in Scherben

Ilkas Unruhe wächst. Sie hat die Schule doch nicht unterbrochen, diese ganze weite Reise gemacht, um nun in diesem Haus zu sitzen und zwischen Gitterstäben durchzusehen!
Ich brauche Geduld, Geduld, Geduld, schreibt sie in ihr Tagebuch, in ihren Briefen an Meike, mit dem Finger auf die Bettdecke. Sie ist ja erst eine gute Woche hier. Es ist Regenzeit, alle Mädchen in der Schule. Wer sollte ihr das Land zeigen?
Nachmittags kann sie nur mit Caridad spazieren gehen oder mit Josefina Karten spielen. Josefina spielt begeistert Karten und gegen Ilka gewinnt sie immer. Wahrscheinlich, weil Ilka die Regeln nicht so richtig kapiert hat.
Ilka langweilt sich.
Sie muss sich was einfallen lassen. Sie braucht irgendeine Beschäftigung.
Einen Job. Taschengeld käme ihr auch nicht ungelegen.
»Prak-ti-kum! Sinn-voll!«, klingt ein Echo in ihrem Kopf.
»Haben Sie eine Idee, wo ich arbeiten könnte?«, fragt Ilka Doña Miranda. »Irgendein Job. Ich muss ja was tun.«
»Langweilst du dich?«
»Ein bisschen.« Ilka ist verlegen, dann wird sie mutiger. Klar langweilt sie sich. Sie ist doch kein Möbelstück. Ist doch logisch, dass sie nicht gekommen ist, um monatelang im Wohnzimmer zu sitzen.
»Ich weiß nicht, was der Señor dazu sagen wird.« Doña Miranda fährt mit dem Finger über eine Anrichte, besieht das Ergebnis mit Abscheu. Gerade will sie noch etwas sagen, da

beginnt das Zimmer zu schaukeln. Ilka schaut sich verdutzt um. Das Dienstmädchen kreischt aus dem Bad: »Erdbeben!« Ilka springt vom Stuhl und folgt Doña Miranda und dem Dienstmädchen in den Patio. Die Köchin lässt sich nicht blicken. Aus dem Wohnzimmer erklingt ein Schlag, ein Splittern. Ilkas Herz hämmert. Und wenn jetzt alle Wände über ihnen zusammenstürzen? Sie hat zu Hause in den Nachrichten schon oft Bilder aus Erdbebengebieten gesehen. Das sah aus wie nach einem Bombenangriff.

Aber da ist es schon vorbei.

Doña Miranda schaut noch eine Weile misstrauisch in den Himmel, als könne sie aus den Wolken die Zukunft lesen, dann geht sie wieder ins Haus. Sie hat sich die Hand auf die Bademantelbrust gelegt. Drin sieht sie sich um, ihr entfährt ein spitzer Schrei.

»Meine Madonna!« Sie sinkt auf die Knie. Vor ihr liegt ein Scherbenhäufchen.

»Kann man's nicht kleben?«, fragt Ilka. Eine idiotische Frage, die Madonna ist in tausend Scherben zersprungen.

Doña Miranda dreht sich zu Ilka um und starrt sie so kalt an, dass die eine Gänsehaut bekommt.

»Sie steht schon seit zwanzig Jahren in diesem Regal, und ihr ist nichts passiert«, sagt Doña Miranda. »Das hat etwas zu bedeuten. Ich bin sicher, das hat etwas zu bedeuten.«

»Meinen Sie, Señora?« Das Dienstmädchen reißt die Augen weit auf. »Ein Unglück? Meinen Sie, es gibt ein Unglück?«

»Ich weiß es nicht.« Die Señora schaut immer noch Ilka an. »Ich weiß nur, dass diese Madonna seit zwanzig Jahren im Regal stand, und auch bei stärkeren Erdbeben ist sie nicht herausgefallen.«

Karibische Träume

Ilka nimmt die Zeitung vom Esstisch und geht zurück in den Patio. Ein bisschen freier Himmel ist ihr jetzt lieber.
Als sie aufschaut, stellt sie fest, dass Doña Miranda sie durch die Glastür immer noch beobachtet.
Ilka blättert die Zeitung durch. Spanische Zeitungen lesen ist gar nicht so schwer, wenn man gut Französisch kann. Viele Wörter sind in beiden Sprachen ganz ähnlich.
Ein paar Mal hat sie noch das Gefühl, dass die Erde unter ihr zittert, aber wahrscheinlich sind es ihre Nerven.
Über das, was in Europa passiert, steht in der Zeitung nichts drin. Aber Ilka liest sowieso am liebsten die Kleinanzeigen. Heute gibt es auch eine Sonderbeilage zum Thema »Reisen«.
Ilka findet es im ersten Moment seltsam, dass Menschen, die in so einem Land wie Costa Rica wohnen, auch verreisen! Wo es doch hier Strände und Berge und Natur im Überfluss gibt – geben soll: Selbst gesehen hat sie es ja noch nicht.
Gleich in mehreren großen Anzeigen werden Reisen nach Florida – Disneyworld angeboten. Aber auch Europa kann man buchen: »Dreizehn Länder in sechzehn Tagen!« Ilka muss lachen. So viele Länder Europas kennt sie ja selbst nicht, und sie hat schon siebzehn Jahre da gelebt!
Sie blättert weiter. Auf der nächsten Seite werden Busreisen innerhalb Costa Ricas angeboten. Ein Strandfoto lockt, an einer anderen Stelle sind bunte Papageien und Tukane abgebildet.
Ilka liest alle Angebote ganz genau.

Eigentlich braucht sie keine Reiseagentur. Die Familie hat versprochen, dass sie ihr das Land zeigen wird. Aber vorsichtshalber holt Ilka dann doch einen Zettel und einen Stift und schreibt sich die Adressen und Telefonnummern der Agenturen auf.
Als Caridad nach Hause kommt, zeigt Ilka ihr die Anzeigen.
»Am liebsten würde ich gleich losfahren!«
»Du darfst aber nicht allein verreisen.«
»Das sind doch Reisegruppen!« Ilka wird ungeduldig. Jetzt sollen die aber mal einen Punkt machen!
Caridad zuckt die Achseln. »Als Mädchen darfst du das nicht. Nicht allein.«
»Dann komm doch mit.«
»Ich hab Schule.«
»Dann eben in den Ferien.«
»In den Ferien fahren wir alle zusammen weg.« Klar, das wusste Ilka ja schon. Sommerferien sind hier im Winter, frühestens in drei Monaten also kann sie ihre Reise in die Karibik unternehmen.
Drei Monate!
»Fahrt ihr in die Karibik?«
Caridad starrt Ilka an. »In die Karibik? Wieso? Da ist es heiß und schmutzig und da wohnen lauter Neger. Ich war noch nie an der Karibik und möchte auch gar nicht hin.«
Ilka schnürt es den Hals zu.
»Aber … die Karibik! Das ist doch was Besonderes!«, stammelt sie.
»Du weißt ja nicht, wovon du redest.« Caridad lächelt nachsichtig. »Du kennst dich hier überhaupt nicht aus. Wir fahren jedes Jahr in ein großes Luxushotel am Pazifik. Da kann man im Pool baden und braucht nicht ins Meer. In so ein Hotel

kommen nur anständige Familien. Da muss man überhaupt keine Angst haben.«
Ilka sagt nichts. Caridad zögert, dann steht sie auf und verschwindet im Haus. Ilka hört Doña Miranda wieder laut den Verlust der Madonna beklagen. Die Tukane und Papageien in der Zeitung verschwimmen vor ihren Augen. Das alles ist so nah! Lauter Zauberworte! Karibik, Pazifik, Vulkane, Urwald! Und sie soll nicht hinausdürfen?
Ilka schlägt die Zeitung zu. Wendy hoppelt heran und springt auf Ilkas Schoß. Ilka streicht ihr über den Fellfilz und versucht sich zu beruhigen. Sie wird das alles sehen. Sie braucht eben Geduld. Sie darf bloß nicht drei Monate herumsitzen und warten. Niemand kann so lange nur den Vögeln und Wolken zusehen. Nicht einmal, wenn es so fremde Vögel und Wolken sind.
Als Don Rafael nach dem Abendessen noch am Tisch sitzen bleibt und sich freundlich erkundigt, ob sie das Erdbeben sehr erschreckt hat, macht sie einen neuen Anlauf.
»Ich möchte gerne irgendwo arbeiten. Vielleicht halbtags. Ich muss doch meine Zeit nutzen.«
Don Rafael nickt. »Das finde ich eine gute Idee. Die Mädchen sind ja alle vormittags nicht zu Hause, das ist langweilig für dich. Ich werde mich mal umhören.«
Ilka sieht die Señora an.
»Wenn Don Rafael einverstanden ist, habe ich nichts einzuwenden«, sagt die, aber es klingt nicht freundlich.

Caridad hilft Ilka, im Supermarkt und in der nahen Privatschule Zettel auszuhängen: Deutschunterricht, Nachhilfe in Englisch. Ein richtiger Job ist das nicht, aber er würde Abwechslung, Bekanntschaften und nicht zuletzt zusätzliches Taschengeld bringen.

Als sie wieder in die Einfahrt einbiegen, öffnet Juana leise die Tür. »Ich hab darauf geachtet, ob Sie bald zurückkommen«, sagt sie. »Die Klingel ist abgestellt. Die Señora hat Migräne.« Im ganzen Haus herrscht Schummerlicht hinter zugezogenen Vorhängen. Ilka kennt die Migräneanfälle von Doña Miranda schon. In unregelmäßigen Abständen taucht die Señora dann im Morgenmantel aus ihrer Schlafzimmertür auf, geht seufzend und stöhnend ein paar Schritte durchs Haus, schüttelt gequält den Kopf über die Köchin, die Kinder, den Gärtner, die Katze und verschwindet wieder.
»Es geht ihr wirklich schlecht.« Caridads Stimme klingt mitleidig.
Mariela wischt sich eine Haarsträhne aus der Stirn. »Mami hat zu viel Stress. Das Personal, so viele Kinder und dann auch noch ständig Gäste.« Sie sieht Ilka an.
Ilka kriegt sofort ein schlechtes Gewissen, obwohl sie sich den Stress der Señora nicht ganz erklären kann. Also, mit dem Haushalt überarbeitet sie sich jedenfalls nicht. Da muss sie ja keinen Handschlag selber tun. Dass sie sich übertrieben viel mit ihren Kindern beschäftigt, hat Ilka auch noch nicht beobachtet. Wenn sie keine Migräne hat, lädt Doña Miranda gleichaltrige Damen aus der Nachbar- oder Verwandtschaft zu Tee und Häppchen ein oder telefoniert stundenlang mit ihren Freundinnen.
»So ein großer Haushalt ist eine Menge Verantwortung.« Caridad nimmt ihre Mutter in Schutz, obwohl Ilka gar nichts gesagt hat. »Das Personal macht keinen Finger krumm, wenn man nicht ständig hinterher ist. Klauen tun sie auch alle.«
Ilka zuckt mit den Achseln.
»Ich hab da keine Ahnung von«, sagt sie. »Wir haben in Deutschland kein Personal.«

»Wir hatten auch in Frankreich eine Köchin und ein Dienstmädchen«, mischt sich Mariela wieder ein. »In den guten Familien in Europa gibt es das auch.«
Ilka ist auf Französisch einfach nicht schlagfertig genug. Auf Deutsch hätte sie jetzt ganz schnell den Unterschied zwischen »guten« und »reichen« Familien betont.
Mariela wartet auch keine Antwort ab. Sie schnappt sich die Fernbedienung und macht den Fernseher an. Dann lässt sie sich rückwärts in den dicken Ledersessel des Familienoberhaupts fallen.
Caridad schließt schnell die Wohnzimmertür, damit die Mutter nicht vom Fernseher gestört wird.
Ilka setzt sich einen Moment lang aufs Sofa. Über den Bildschirm flimmert eine Billig-Familienserie mit vielen künstlichen Lachern. Mariela, Claudia und die beiden Jüngsten kichern ununterbrochen. Auch Caridad grinst vor sich hin. Klar, Ilka versteht nicht genug Spanisch, sie kapiert die Gags nicht. Wahrscheinlich fände sie die Serie auf Deutsch aber auch nicht lustig. Sie kennt diesen Plunder aus dem deutschen Fernsehen.
Ilka steht auf und geht in »ihr« Zimmer. Gestern hat sie angefangen, ihr erstes Buch in spanischer Sprache zu lesen. Ein Kinderbuch. Ganz einfache Sätze, die sie trotzdem längst nicht alle versteht. Sie schlägt das Buch auf, aber sie schafft es nicht, sich zu konzentrieren.
Wieso kann Mariela sie nicht leiden? Oder bildet sich Ilka das nur ein?
Untereinander pflegen die Schwestern auch keinen sehr liebevollen Umgang. Immer wieder benehmen sie sich wie Hühner auf dem Hühnerhof, streiten um Kleinigkeiten: das Fernsehprogramm oder wem als Nächstes ein Paar amerikanische Markenturnschuhe zustehen. Besonders ihr Futterneid macht

Ilka ganz nervös. Wenn es einen besonders leckeren Nachtisch gibt, fahren sie beinahe mit den Gabeln aufeinander los. Zu allem Unglück sagt Don Rafael dann: »Denkt daran, dass ihr einen Gast habt!«
Und Ilka muss den ganzen Rest nehmen, auch wenn sie versichert, dass sie gleich platzt.

Ein Heiliger für Verliebte

Die Señora hat sich ein wenig erholt und will ihre neuen Schuhe vom Schuster abholen. Der wohnt außerhalb, höher in den Bergen, jenseits einer Kaffeeplantage. Ilka und Caridad fahren mit.
Zum ersten Mal verlässt Ilka das Innenstadtgebiet und kommt aufs Land. Und da sind sie, die Kaffeepflanzen, Busch an Busch. Zwischen den Reihen spenden hohe Bananenpflanzen Schatten. Überall blüht und wuchert es.
Im Bergdorf steht ein mageres Pferd mitten auf der Lehmstraße und blinzelt nur gelangweilt, als die schwarze Limousine sich nähert. Kinder toben auf BMX-Rädern herum. Hunde bellen. Auf der Auslage einer Obstverkaufsbude türmen sich Früchte in den unterschiedlichsten Formen.
Der Schuster wohnt in einem grünen Holzhäuschen. Die Señora parkt das Auto genau vor seiner Tür.
»Ihr wartet hier!«
Caridad nickt und drückt die Riegel herunter, damit kein »böser Mann« die Autotür von außen öffnen kann. Ilka legt das Gesicht an die Scheibe und seufzt. Sie möchte so gerne raus. Ein paar Schritte wenigstens die Straße hinauf. Da hat man bestimmt einen Blick auf das Tal und auf die Berge. Die sind grün bis obenhin, obwohl sie so hoch aufragen wie die Alpen. Die Kinder sind von ihren Fahrrädern gestiegen und starren neugierig auf die schwarze Limousine.
Ilka wendet den Blick ab und spürt, wie ihr das Blut in den Kopf steigt.

»Siehst du den Mann da?«, flüstert Caridad wieder einmal.
Ilka sieht ihn. Vertrauen erweckt der ältere Mann, der gerade die Straße herunterkommt, wirklich nicht: Quer über sein Gesicht verläuft eine rote Narbe, er trägt einen speckigen Hut, ein zerrissenes, ehemals weißes Hemd und – das vor allem! – ein langes Buschmesser, eine Machete, am Gürtel.
»Da kommt Mami!« Caridad ist ganz blass.
Tatsächlich ist die Mutter gerade aus der Tür getreten.
Der wilde Mann tippt sich an den Hut und lächelt so breit, dass man seine wenigen gelben Zähne sieht.
Ilkas Gesicht brennt. Es ist ein ganz normaler Bauer mit seinem Werkzeug. Sie darf doch nicht hinter jedem zerrissenen Hemd das schwarze Herz eines Mörders vermuten!
Die Mutter steigt ein.
»Dieser unverschämte Schuster will jedes Mal mehr Geld«, sagt sie. »Ich muss noch einmal bei Doña Susanna nachfragen, wo sie ihre Schuhe anfertigen lässt.« Doña Susanna ist Doña Mirandas Busenfreundin.
»Fahren wir noch zur Kirche?«, bettelt Caridad.
»Na gut.«
Die Mutter steuert das Auto noch ein paar Kurven weiter den Berg hinauf bis vor eine kleine blau gestrichene Holzkirche. Jetzt darf Ilka aussteigen. Sie atmet tief durch. Hier ist die Luft merklich kühler als unten in der Stadt. Sie geht zum Straßenrand und sieht auf San José hinunter. Das ganze Hochtal ist ein einziges Häusermeer. So groß ist die Stadt. Und so wenig davon hat Ilka bisher gesehen!
»Komm!« Caridad verschwindet in der Kirche. Ilka folgt ihr. Sie beobachtet, wie Caridad eine lange, dünne Kerze aus einem Bündel zieht und sie an einer bereits flackernden Flamme anzündet.

»Für San Antonio!«, flüstert Caridad.
Ilka sieht sie fragend an.
»Kennst du den heiligen Antonio nicht?« Caridad starrt Ilka an. »Weißt du nicht, wann man ihn um Hilfe bittet?«
Ilka schüttelt den Kopf. Mit Heiligen kennt sie sich nicht aus. Aber das Kerzengeflacker in dieser kleinen Kirche gefällt ihr. Vielleicht kommt das auch, weil es hier drin auch wieder nach Reptilienhaus riecht. Kerzen im Reptilienhaus, das hat was von schwarzer Magie.
Die Señora hat sich wieder in eine Bank gekniet und das Gesicht auf die gefalteten Hände gelegt.
»Für die Männer«, flüstert Caridad. »San Antonio ist für die Verliebten zuständig. Ich zünde hier jedes Mal eine Kerze an, damit er mir hilft, bald einen schönen Mann zu finden.«
Ilka verkneift sich schon wieder ein Grinsen. Aber Caridad tut ihr gleichzeitig ein bisschen Leid. Sie zündet selbst auch eine Kerze an. Vielleicht hilft eine doppelte Flamme besser als eine einfache. Außerdem kann man ja nie wissen, ob Ilka nicht selbst noch Unterstützung brauchen kann. Vielleicht trifft sie doch noch einen »schönen Cousin«, der ihr gefällt.

Der Club der schönen Männer

Die Kaffeeplantagen links und rechts der Straße, die frische Bergluft und der freundliche Machetenmann haben Ilkas Abenteuerlust nur noch gesteigert. Der Patio wird von Tag zu Tag enger und der Bronzebüstenpark um die Ecke macht sie auch nicht mehr glücklich. Wenn nur schon wieder Wochenende wäre, dann fahren sie vielleicht weiter hinaus und sie kann sich das alles genauer ansehen!

Am Sonntag laufen die Schwestern aufgeregt durcheinander: »Maa-mi, wo ist mein Badeanzug?« »Maa-mi, hast du auch Cola gekauft?« »Maa-mi, Nancy hat mein Lieblings-T-Shirt nicht gewaschen.« Das klingt viel versprechend. Die packen bestimmt ihre Siebensachen für den Ausflug! Hoffentlich überfordern sie »Mami« nicht, sonst kriegt die gleich wieder Migräne und alles ist im Eimer.
Caridad schaut zur Zimmertür herein. »Pack dein Badezeug ein und was du noch so brauchst. Wir fahren in den Club.«
»Welchen Club?«, fragt Ilka, aber da ist Caridad schon wieder verschwunden.
Ilka wirft ihre Badesachen und ein Buch in ihre Umhängetasche und legt die Kamera obendrauf. In zwei Minuten ist sie fertig und steht mit ihrer Tasche im Flur.
Es dauert noch eine kleine Ewigkeit, bis sämtliche Töchter sämtliche lebensnotwendigen Gegenstände gefunden und ins Auto gepackt haben.

Ilka lehnt sich glücklich in die Polster, als der Motor aufbrummt.

So eine Pleite!
Der Club liegt keine zehn Autominuten entfernt und ist ein piekfeines Freizeitzentrum mit Tennisplätzen, einem großen Schwimmbad, einem streng bewachten Park, Restaurant und so weiter. Auf dem Parkplatz stehen nur dicke Autos.
Auf den Tennisplätzen sausen weiß gekleidete junge und ältere Menschen hin und her. Ein Balljunge sammelt die verschlagenen Bälle auf. Er hat viel zu tun. Gibt es doch einmal einen längeren Ballwechsel, steht er am Netz und schaut starr durch die Spieler hindurch.
»Eine Hilfe sind die Jungen schon«, sagt Caridad. Sie sitzt mit Ilka auf einer Bank vor dem Court und schaut den Spielern zu. »Aber ich würde die trotzdem nicht hier reinlassen, wenn ich der Manager wäre. Man muss dauernd auf seine Sachen aufpassen, wenn solche Leute da sind.«
Ilka sagt nichts dazu. Ein Ball fliegt in hohem Bogen über den Zaun. Ilka läuft hin und wirft ihn zurück aufs Spielfeld. Ein dunkelhäutiger Balljunge grinst ihr zu und winkt. Er hat sehr weiße Zähne.
»Der ist doch goldig«, sagt Ilka und setzt sich wieder neben Caridad. Aber die hat nur Augen für die schönen Männer mit den Schlägern. Vielleicht hat San Antonio bereits einen dieser schweißglänzenden Strahlemänner aus guter Familie für sie auserwählt.
»*Meiner* muss nicht unbedingt Tennis spielen können«, sagt Ilka im Stillen zum heiligen Antonio. Damit dem nicht etwa ein dummer Fehler unterläuft.
Der Macho-Cousin ist auch hier. Er lungert am Pool herum und

gibt Ilka einen nach Chlor duftenden Kuss auf die Wange. Tatsächlich ist er noch eine Spur blonder als sie.

»Du sprichst doch gut Englisch«, sagt Caridad zu ihm. »Unterhalte dich ein bisschen mit ihr.«

Machos Englisch ist wirklich vorbildlich. Er hat einen breiten amerikanischen Akzent, weil er ein Jahr an der Universität von Texas studiert hat. Wirtschaftswissenschaften. Ilka muss sich eine langatmige Rede über die wirtschaftliche Lage des Landes und die erfreulichen Aussichten auf eine Angleichung an den Lebensstandard der Industrienationen anhören. Nein, da bohrt sich auch kein Liebespfeil durch ihr Herz. Wenigstens, so stellt sich heraus, hat Macho ein Auto. Wenn sie die Langeweile nicht mehr aushält, muss Ilka eben die tatendurstige Touristin raushängen lassen. Mal sehen, ob er sich erbarmt. Sie muss ihn ja nicht gleich heiraten.

Im Club wird auch die Sonntagsmesse gehalten, auf die offenbar unter keinen Umständen verzichtet werden darf. Die Gläubigen versammeln sich in einer kleinen Kapelle und sehen ungeduldig auf die Uhr, während der Pfarrer seine Predigt im Rekordtempo hält. Einer der nass geschwitzten Gäste könnte sich ja erkälten, wenn der Gottesdienst zu lange dauert.

Ein Stuhl aus Anakondaleder

»Wir haben einen Job für dich!«, verkündet Doña Miranda.
Ilka klappt ihr Buch zu und schaut auf.
»Einen Job? Was für einen denn?«
»Kannst du Maschine schreiben?«
Ilka nickt. Na ja, so leidlich kann sie das.
»Eine befreundete Anwältin bietet dir an, ihre Korrespondenz mit deutschen Klienten zu erledigen.«
Die Anwältin, so erfährt Ilka, hat eine ganze Menge deutscher und Schweizer Klienten: Investoren, die das Land mit Hotelburgen, Holzkohlefabriken und sonstigen Segnungen zupflastern.
Ilka soll sich vorstellen. Die Kanzlei liegt in der Nähe von Caridads Sekretärinnenschule, und so fährt Ilka am nächsten Morgen früh mit ihr in die Stadt. Caridad wird jeden Morgen von der Mutter einer Mitschülerin abgeholt und zur Schule gefahren. Ilkas Laune, die seit dem Club-Ausflug nicht die beste war, bessert sich im morgendlichen Trubel der Hauptstadt. Die Busse, die sie überholen oder von denen sie überholt werden, sind zum Brechen voll. Im Licht der Morgensonne wirken alle Häuser, alle Menschen knallig bunt.
Doña Cecilia, die Anwältin, thront hinter dem massivsten Schreibtisch, den Ilka jemals gesehen hat. Sicher ist für dieses Möbel das Holz von drei Urwaldriesen draufgegangen. Und das Polster des Schreibtischstuhls ist vermutlich aus Anakondaleder und mit Kolibrifedern gestopft. An der Wand hängen goldgerahmte Diplome und Zertifikate.

»Ich freue mich, Sie kennen zu lernen!«, sagt die Anwältin in tadellosem Deutsch. Sie hat in der Schweiz studiert, stellt sich heraus. Ilka kriegt den Job. Sie kann gleich dableiben.
Es ist eine Halbtagsstelle und sie bekommt dafür umgerechnet um die hundert Mark im Monat. Über dieses »Gehalt« muss sie ja lachen, aber zufrieden ist sie trotzdem. Lieber würde sie die nächsten Monate natürlich im Urwald zubringen oder am Meer, aber das kann ja auch noch bis zur Trockenzeit warten. Bis dahin hat sie wenigstens Beschäftigung, kann morgens aus dem goldenen Käfig ausfliegen und trifft andere Leute. Mehr als ein Taschengeld braucht sie dafür nicht.
Zur Mittagszeit holt Don Rafael sie ab.
»Ich kann dich auch morgens mitnehmen«, sagt er. »Ich zeige dir, wo mein Büro ist. Da kommst du nach der Arbeit wieder hin und wir fahren gemeinsam nach Hause.«
Diese Fahrten mit Don Rafael sind eine fast genauso schöne Überraschung wie die Stelle selber. Nur unterwegs vom Haus zum Büro und zurück sind Don Rafael und Ilka allein. Don Rafael hat schon kapiert, dass Ilka seine Familie und ihre neue Umgebung genau beobachtet und sich zu allem ihren Teil denkt, obwohl sie nicht viel sagt. Nun nutzt er die Gelegenheit, nach Ilkas Ansichten zu fragen. Es scheint ihm zu gefallen, dass Ilka sich zu so vielen verschiedenen Themen ihre Gedanken macht, auch wenn sie oft nicht gleicher Meinung sind.
Nach ein paar Tagen sagt er am Tisch: »Ihr solltet euch an Ilka ein Beispiel nehmen und euch mal um eure Bildung kümmern. Alles, woran ihr denkt, sind eure Klamotten und eure Musikvideos.«
Ilka wird rot. Das war aber sehr ungeschickt! Wenn er sich als Diplomat anderen Ländern gegenüber auch so benimmt, dann ade, du Landesfrieden!

Aber als sie die Reaktion der Mutter hört, bleibt ihr fast der Mund offen stehen:
»Euer Vater hat ganz Recht. Ihr solltet wirklich ab und zu mal die Zeitung lesen. Wie sollen denn eure zukünftigen Ehemänner sich mit euch über ihre Arbeit unterhalten können?«

Die Schlucht

Jetzt hat Ilka ein richtiges Wochenende, wie die anderen Familienmitglieder auch! Zwei freie Tage, die sich deutlich von den Arbeitstagen unterscheiden und die sie guten Gewissens genießen kann.

Und nun kommt es noch besser: An diesem Wochenende fährt die Familie tatsächlich zum Picknick aufs Land!

»Onkel Lázaro hat uns auf seine Finca eingeladen«, erklärt Caridad.

Die Familie besucht diesmal bereits am Samstagabend die Messe.

»Das gilt zur Not auch.« Caridad hat offenbar tatsächlich ein schlechtes Gewissen. »So ab und zu jedenfalls. Eigentlich ist ja der Sonntag der Tag des Herrn.«

»Ihr seid aber streng!« Ilka muss ein bisschen lachen. Nicht einmal ihre gläubige Großmutter nimmt es mit den sonntäglichen Messebesuchen so genau!

»Europa ist ein gottloser Kontinent.« Das ist der Kommentar der Señora.

Ilka möchte protestieren, aber was soll sie sagen? Sie glaubt ja selbst nicht so richtig an Gott, und wenn, dann ist es jedenfalls kein Gott, der in einer Kirche wohnt und nur sonntags Sprechstunde hat.

Ilka sagt nichts dazu. Sie schaut aus dem Fenster. Soll doch jeder glauben, was er will. Missionieren lässt sie sich nicht. Sie will was erleben. Und im Moment sieht alles bestens aus:

Ein Job, ein Ausflug, die blauen Vulkane am Horizont, weiße

Buckelrinder auf den Weiden, rot blühende Korallenbäume, das Leben ist herrlich!
Viel zu schnell geht die Fahrt, findet Ilka. Schon biegen sie in eine schmale, ungeteerte Seitenstraße ein. Das Auto schliddert über den nassen Lehm. Am Straßenrand wird die Vegetation immer dichter.
»Ist das schon Urwald?« Ilka reckt den Hals.
»Ja, das ist dein Urwald.« Marielas Stimme klingt gelangweilt.
»Unsinn!« Don Rafael schüttelt den Kopf. »Bestenfalls Sekundärwald. Das bedeutet, dass hier früher Urwald war, der dann gerodet wurde. Wenn dann wieder Wald nachwächst, sieht er ganz anders aus.«
»Und gibt es hier schon Tiere? Oder sind wir zu nah an den Häusern?«
»Da ist schon eins!« Claudia kichert. Am Wegrand steht ein Arbeiter, ein Bündel Bananen über der Schulter. Er grüßt freundlich. Don Rafaels Antwort besteht darin, die rechte Hand vom Lenkrad zu heben und sie zurückfallen zu lassen.
»Wer weiß, wo er die Bananen gestohlen hat!«, sagt die Señora giftig.
Ilka erwartet ein zweites »Unsinn!« von Don Rafael, aber er bleibt stumm. Es ist auch besser, er konzentriert sich auf die Straße. Jetzt muss er nämlich einen schlammigen Fluss durchqueren. Ilka freut sich: Urwald oder nicht, wenn man mit dem Auto mitten durch einen Fluss fährt, ist man schon in der Wildnis!
Jetzt taucht zwischen den Bäumen ein großes Holzhaus auf. Davor sind mehrere Geländewagen und Limousinen geparkt.
»Na endlich!« Die Señora klappt die Sonnenblende herunter und betrachtet sich im darin eingearbeiteten Spiegel. Sie zupft

ein paar Haare zurecht, lächelt sich zu und lässt die Blende zurückschnappen.
Das Haus liegt am Rande einer tiefen Schlucht. Unten schlängelt sich ein Fluss zwischen riesigen Baumkuppeln in unterschiedlichen Grüntönen.
»Ist das der richtige Regenwald?«, fragt Ilka. Aber sie bekommt keine Antwort. Im nächsten Moment sieht sie vor lauter Verwandten den Wald nicht mehr. Die stehen um das Auto herum und küssen die Töchter auf die Wangen und Ilka gleich mit. Männer mit Kugelbäuchen und halb aufgeknöpften Kurzarmhemden, dicke Goldketten auf der haarigen Brust. Frauen mit quietschrosa Lippen und riesigen Sonnenbrillen.
»Na, da ist ja euer Gast!«
»Gefällt es Ihnen in Costa Rica?«
»Habt ihr der Kleinen schon Spanisch beigebracht?«
»Ganz allein? Ist sie ganz allein gekommen?«
Alle plappern durcheinander, keiner erwartet eine Antwort. Ilka bricht der Schweiß aus. Glücklicherweise löst sich die Runde wieder auf.
»Sie brauchen bestimmt eine Erfrischung!« Ein älterer Mann hält Ilka eine aufgeschlagene grüne Kokosnuss mit einem Trinkhalm hin. »Probieren Sie! Es gibt nichts Besseres gegen den Durst!«
Ja, genau, so stellt sich Ilka das vor mit der Ferne! Die Schwestern rümpfen die Nase und fragen nach Cola. Ilka saugt am Trinkhalm. Mit Milch hat dieses Getränk nichts zu tun. Der ältere Mann kippt den Rest Kokos»milch« in ein Glas, um zu beweisen, dass sie auch nicht weiß ist, sondern fast durchsichtig.
»Gut, was?«
Ilka nickt. Der Mann zeigt mit seiner Machete auf die Palmen

am Swimmingpool. »Da hängen noch mehr. Wenn Sie wollen, hole ich noch eine runter.«
Bald darauf sitzt Ilka mit ihrem dritten Glas Kokosmilch auf einem Gartenstuhl und beobachtet die Vorbereitungen fürs Picknick. Aber ihre Gedanken kreisen um die Schlucht. Ob da unten tatsächlich Regenwald ist? Kein nachgewachsener, sondern echter?
Sie stellt das Glas auf den Tisch und steht auf, geht ein Stück die Straße hinunter und schaut auf die breiten grünen Kuppeln der Baumkronen, die ein lückenloses Dach bilden.
Könnte schon sein, dass das der Regenwald ist, von dem die Biologielehrerin erzählt hat. Blöd, dass Ilka kein Fernglas hat. Leider besteht auch keine Chance, näher heranzukommen. Unter ihr segeln große Raubvögel. Als einer näher herangleitet, erkennt sie, dass es ein Geier ist.

Der Regen kommt heute besonders früh.
Im Holzhaus kann man ihn körperlich spüren: Alle Wände zittern und beben, das Trommeln auf dem Dach und das Donnergetöse gehen Ilka durch Mark und Bein. Die Frauen glucken zusammen und kreischen, wenn es besonders gewaltig blitzt. Die Männer klopfen Sprüche und starren auf ihre teuren Autos, die allmählich im roten Schlamm versinken. Der Swimmingpool ist schon über den Rand getreten.
»Wir werden hier übernachten müssen!«, witzelt einer der Spitzbäuchigen. »Das ist kein Problem, wenn wir alle eng zusammenrücken!«
Mit diesem Vorschlag erntet er Gekicher und weiteres Kreischen der weiblichen Anwesenden.
Genial wäre das! Ilka starrt beschwörend in den Himmel. Die Wolken sind so dick und schwarz, es könnte tatsächlich noch

stundenlang so weiterregnen. Am Montag muss sie wieder arbeiten, aber wenn man auf einer Finca festsitzt, ist das höhere Gewalt.
Don Rafael schaut grimmig drein. Wichtige Männer wie er dürfen wohl nicht auf einer Finca festsitzen. Doña Miranda sieht so aus, als würde sie jeden Moment in Ohnmacht fallen. Josefina weint und Mariela stößt bei jedem zweiten Blitz einen spitzen Schrei aus. Caridad betet.
Nach etwa zwei Stunden ebbt das Trommeln auf dem Dach ab. Der Donner entfernt sich, zwischen den einzelnen Blitzen liegen jetzt längere Pausen.
»Vielleicht haben wir Glück!«, sagt der ältere Mann, der Ilka die Kokosnuss gebracht hat.
Pech, verbessert Ilka im Stillen. Sie macht einen Schritt hinaus auf die Veranda. Die Luft ist schwer und süßlich. Hinter Ilka beginnt ein hektischer Aufbruch. Das war's schon wieder mit dem Abenteuer. Ilka schluckt die Enttäuschung hinunter. Wenigstens noch einmal möchte sie den Wald da unten sehen. Sie springt die Verandatreppen hinab.
Jetzt stürzen von den Rändern der Schlucht unzählige Wasserfälle in die Tiefe, sammeln sich unten zu einem Fluss, der durch das Tal schießt und Stämme und Steine mitreißt. Darüber schweben unbeeindruckt noch immer die Geier.
Ilka atmet tief durch. Sie könnte gleichzeitig lachen und weinen. Als sie in Deutschland losgeflogen ist, hat sie das da unten im Kopf gehabt. Die ganz andere Welt, eine verschlungene Wildnis ohne eine einzige gerade Linie drin, eine Welt, der noch niemand irgendwelche Regeln aufgezwungen hat.
»Steig ein, du wirst ja ganz nass!«, ruft Caridad vom Auto her. Ilka soll zurück in die Villa, soll wieder vier Wände um sich haben? Viel lieber möchte sie loslaufen, den schlammigen Weg

hinauf in die Berge, in die Wälder, bis sich die dicken Wolken wie ein Mantel um sie schließen und vor denen, die ihr empört nachsehen, verbergen.
Die mit den Geländewagen fahren schon los. Sie winken noch einmal hemdsärmelig aus dem Autofenster und verschwinden hinter der Kurve. Don Rafael hat weit mehr Mühe, seine schwarze Limousine auf der Straße zu halten. Sie schlingert und rutscht. Als sie vor dem Flüsschen stehen, das sie auf der Hinfahrt recht mühelos durchquert haben, ruft die Señora gleich mehrere Heilige hintereinander an. Josefina fängt wieder an zu weinen. Das Flüsschen ist zu einem recht ansehnlichen, lehmigen Fluss angeschwollen.
»Das schaffen wir nie!«, jammert die Señora.
Ilka schöpft wieder Hoffnung. Vielleicht übernachten sie doch noch im Holzhaus? Aber Don Rafael ist ein wichtiger Mann und morgen muss er wieder zur Arbeit. Unerschrocken steuert er sein Auto und somit seine Familie mitten hinein in die Fluten.
Caridad schließt die Augen und bekreuzigt sich.
Ilka lacht. Sie kann es sich nicht verkneifen. Die Situation ist zu abenteuerlich und zu komisch.
Caridad macht die Augen wieder auf und wirft Ilka einen vernichtenden Blick zu.
Die Reifen drehen durch, die braunen Fluten steigen bedenklich dicht bis unters Fenster, aber dann gibt es einen Ruck und sie erreichen das rettende Ufer.
Als sie sich der Stadt nähern, krallt Ilka die Hände in die Polster. Ihre Laune sinkt wieder.
Sie will nicht mehr in dieses Haus zurück. In das Haus mit den vielen Gitterstäben.

Kakerlakenzauber

Als Ilka am Montag mit Don Rafael von der Arbeit kommt, stehen Pappkartons mit Pizzaresten auf dem Tisch. Gereizte Stimmung herrscht: Juana ist heute nicht zum Dienst erschienen. Doña Miranda telefoniert ununterbrochen. Sie ruft nacheinander alle ihre Freundinnen an und singt mit ihnen im Duett das Lied über die Unzuverlässigkeit des Personals.
Juana selbst hat kein Telefon, und erst jetzt fällt auf, dass keiner genau weiß, wo sie wohnt.
Kein Wunder, denn sie ist ja nur ein Schamanenzauber. Bestimmt hat sie sich einfach aufgelöst, hat ihre Strafe abgebüßt und kehrt jetzt zurück in ihr Dorf.
»Vielleicht ist sie krank?« Ilka wundert sich, dass keiner an diese Möglichkeit zu denken scheint. Juana ist doch so alt und klapprig, wie soll sie da zwölf Stunden am Tag arbeiten!
»Die werden nicht krank«, sagt Caridad. »Faul sind die. Faul und unzuverlässig. Es ist immer das Gleiche. Irgendwann kommen sie einfach nicht mehr. Denen ist alles egal.«

In den nächsten Tagen geht es drunter und drüber. Doña Miranda verwandelt sich immer mehr in Doña Migrania, während sie händeringend nach einer Köchin sucht. Zu allem Unglück hat das Dienstmädchen diese Woche Urlaub, und da auch sie kein Telefon besitzt, kann man ihr den Urlaub nicht wegen dieser Notlage streichen. Jetzt ist nicht einmal jemand da, der den Tisch abräumen kann. Und so sammeln sich auf der langen

Tafel von Mahlzeit zu Mahlzeit die Essensreste an. Erst wenn wirklich kein neuer Teller mehr auf dem Tisch Platz hat, muss eine der Schwestern das Gröbste abräumen. Keine tut es ohne entsprechendes Gejammer.

Der Vater nimmt niemals einen Teller in die Hand. Es ist, als läge ein Fluch über der Küche: Jedes männliche Wesen, das sie betritt, wird vielleicht sofort in eine Kakerlake verwandelt. Offenbar hat es in diesem Haus früher einmal unvorsichtigere Männer gegeben, denn Kakerlaken kriechen jetzt, wo der Tisch so reichlich für sie gedeckt ist, aus allen Ritzen. Es sind Riesenbiester, so lang wie Ilkas Daumen, die in affenartiger Geschwindigkeit Wände hochlaufen können und demjenigen, der ihnen mit einem Schuh zu Leibe rückt, noch nach dem fünften Hieb unversehrt ins Gesicht fliegen. Nicht nur diese verwandelten Hausmänner werden angesichts des Überflusses an Krümeln, Pizzakäse, einzelnen Bohnen und Soßenspritzern auf dem Tisch vertrauensselig. Auch ganze Ameisenvölker fühlen sich angezogen. Die einzelnen Ameisen sind winzig klein, mit dem bloßen Auge kaum zu erkennen, aber sie legen eine vielspurige Autobahn über den Tisch an, die sich wie ein grauer, wogender Schleier über Puddingreste und Brotkanten zieht.

Ilka sieht sich das an wie einen Film. So eine Sauerei hat sie noch nie gesehen. Die vornehme Silberglöckchendame rubbelt einfach mit dem Daumen über die Ameisenstraße, bevor sie sich zum Essen setzt. Hunderte auf einen Streich.

Nachdem das zwei Tage so gegangen ist, erwacht Ilka aus ihrer Verwunderung. Sie geht in die Küche, sucht einen Putzlappen und fängt – unter großer Selbstüberwindung – an, den gröbsten Schmutz zu entfernen.

Caridad schaut einen Moment lang verwirrt zu, dann rafft sie

sich auf und hilft. Aber die jüngeren Schwestern rümpfen die Stupsnasen und verziehen sich vor den Fernseher.
Die Mutter hat jetzt eine Monstermigräne, die erst verschwinden wird, wenn die neue Köchin da ist. Ilkas Aktion betrachtet Doña Migrania eher missbilligend als dankbar. »Das ist nun wirklich Arbeit für ungebildete Menschen.«
»Was verdient denn eine Köchin?«, fragt Ilka, während sie die gespülten Teller in den Schrank stapelt.
»Keine Ahnung.« Caridad zuckt mit den Schultern.
Später schlägt Ilka in der Zeitung bei den Stellenanzeigen nach. Auch in vielen anderen Haushalten wird eine Köchin oder ein Dienstmädchen gesucht. Ab und zu ist ein Gehalt angegeben. Ilka rechnet und rechnet noch mal nach, aber sie kommt immer zum gleichen Ergebnis: Umgerechnet hundertfünfzig, bestenfalls zweihundert Mark im Monat sind bei einer Sechstagewoche die Regel.
Mit der Zeitung in der Hand geht sie wieder zu Caridad.
»Kann das stimmen?«
»Wird es wohl, wenn's da steht.« Caridads Stimme ist abweisend.
»Und wie lebt man mit so wenig Geld?« Das möchte Ilka jetzt wirklich wissen. Ist ja möglich, dass hier alles, was man zum Leben unbedingt braucht, ganz billig ist.
»Die leben jedenfalls.« In Caridads Tonfall steckt eine klare Anweisung: Du verstehst nichts von unserem Leben, also halt dich raus.
Vielleicht hat sie Recht. Ilka ist nur zu Besuch in dieser Welt. Sie hat noch nie eine Köchin gehabt und sie hat auch noch nie versucht, mit hundert Mark im Monat in Costa Rica zu überleben. Bei ihrer Anwältin verdient sie ja auch so wenig, vielleicht ist das normal.

»Wie hoch sind denn die Mieten?«

»Keine Ahnung!«, fährt Caridad sie an. »Was willst du eigentlich? Bist du eine Kommunistin?«

Und dann, weil Ilka so ratlos schaut, kommt der Hammer: »Die Leute, die in unserem Land arm sind, die sind selber schuld. Die sind eben dumm und faul.«

Ilka schnappt nach Luft. Sie legt die Zeitung auf den Tisch und geht in den Patio, Wendy streicheln.

»Meinen die das ernst?«, fragt sie die Katze. »Das kann doch nicht wahr sein.«

Und sie hat nicht widersprochen! Jetzt liegt ihr die runtergeschluckte Antwort wie ein Stein im Magen. Wie in einem Videoclip wirbeln Bilder durch ihren Kopf, zu schnell hintereinander, als dass sie ein einzelnes festhalten könnte. Die Schuhputzjungen aus dem Stadtzentrum und die mit Goldketten behangenen Haarbrüste der Geländewagenfahrer vom Sonntag. Die Señora in der Kathedrale über die gefalteten Hände gebeugt. Die Sonntagspredigt im Club. Juana mit den dünnen Beinen, das Silberglöckchen. Aber das sind alles bloß Bilder, keine Argumente.

Ist das nun Höflichkeit oder Feigheit, wenn Ilka nichts gegen so ein Vorurteil sagt? Hat sie das Recht, sich einzumischen? Sie hat weiß Gott noch nicht viel gesehen von diesem Land. Im Büro hat sie auch nur mit betuchten Investoren zu tun.

»Bist du eine Kommunistin?« Sieht Ilka so aus, als würde sie nachts mit Maschinengewehr unterm Arm in die Häuser reicher Leute einsteigen, wie Caridad sich offenbar Kommunisten vorstellt?

Wenn die so viel Angst haben, denkt sie plötzlich, dann wissen sie im Grunde, dass sie im Unrecht sind.

»Hat dich wenigstens jemand gefüttert?«, fragt Ilka die Katze.

Juana ist ja nicht da. Sicherheitshalber sucht Ilka im Kühlschrank nach Resten, die einem kleinen Katzenmagen bekömmlich sind, und füllt den zweiten Napf mit Wasser.
Mehr fällt ihr im Moment nicht ein.
Aber eine rote Warnlampe hat sich in ihrem Kopf eingeschaltet und taucht ihre Gedanken in ein unbehagliches Licht.

Einfach eine Straße

Tags darauf sitzt Ilka am Computer und schreibt einen geheimnisvollen Brief. Ein Betrüger wird international gesucht. Die Behörden verwenden in ihren Mitteilungen, die Ilka gerade tippt, Codenamen, alles streng geheim. Nur blöd, dass ihnen keine besseren Namen als »Mickymaus« und »Pluto« eingefallen sind. Ilka tippt einen Bericht, aus dem hervorgeht, welcher Tätigkeit sich Mickymaus gerade in San José widmet und wo er sich zuletzt mit Daisy getroffen hat.

Gerade sieht sie den Text nach Tippfehlern durch, da geht die Tür auf. Ein junger »Gringo« kommt herein, der auf den ersten Blick gar nicht wie ein Klient des Hauses aussieht. Er trägt nämlich keine Krawatte und keine schwarzen Schuhe und außerdem grinst er von einem Ohr zum anderen.

»Hallo«, sagt er. »Ich habe gehört, du sprichst Deutsch.«

Er selbst spricht mit Schweizer Akzent.

»Tu ich«, antwortet Ilka. »Kann ich dir helfen?« Wenn er sie duzt, duzt sie zurück, obwohl er ein richtig erwachsener Mann ist, vielleicht sogar zehn Jahre älter als sie. Ihr »streng geheimer« Bericht fällt ihr ein und sie schließt schnell das Dokument. Eigentlich egal, sicher kann er mit »Mickymaus« nicht viel anfangen.

»Die Telefonistin hat gemeint, du sollst mich ein bisschen unterhalten!« Der Schweizer sinkt verkehrtrum auf einen Bürostuhl und stützt die Arme auf die Rückenlehne. »Ich habe nämlich einen Termin, aber Doña Cecilia ist noch nicht da. Ich bin

Klaus«, setzt er noch hinzu und reicht Ilka eine braun gebrannte Hand. »Oder stör ich?«
Ilka verneint, lässt das Dokument im Speicher verschwinden und dreht sich dann richtig zum Gringo um.
»Ich heiße Ilka.«
»Weiß ich schon.« Klaus nickt in Richtung Vorzimmer. »Lebst du hier?«
»Nein. Das heißt, im Moment.« Ilka weiß gar nicht so recht, was sie sagen soll. »Ein paar Monate.«
»Gehst du hier zur Schule?«
»Ich habe unterbrochen. Ich müsste in meinem Alter ja auch nicht mehr zur Schule gehen.« Der soll bloß nicht denken, dass sie noch so halb in den Windeln liegt.
»Bist du mit deinen Eltern hier?«
»Nein. Allein. Bei einer einheimischen Familie.«
»Mutig.«
Ilka widerspricht nicht. Manchmal, wenn sie morgens die Augen aufschlägt und bewusst die feuchte Luft einatmet und dann die fremden Möbel und die verschlafene Caridad sieht, zweifelt Ilka daran, dass ihr Mut lange anhält. Sobald sie aufgestanden ist, legen sich die Bedenken.
Es klopft. Lela, die Telefonistin, bringt Kaffee. Beim Hinausgehen blinzelt sie Ilka zu. Ilka spürt, dass sie errötet. Sie hört den heiligen Antonio lachen. Er hat ein tiefes, hallendes Weinkellerlachen. Na gut, Klaus gefällt ihr wirklich besser als sämtliche schönen Cousins. Wenn er grinst, muss man mitlachen.
Klaus nippt an seinem Kaffee. »Den habt ihr wohl speziell für die deutschen Klienten hier«, meint er. »Das ist richtiger Exportkaffee. Den kriegen die Einheimischen nicht.« Er stellt die Tasse ab. »Und, wie gefällt dir das Land? Ist fantastisch, oder?«

»Ja, klar. Ich meine …« Ilka verheddert sich. »Ich hab ja noch gar nicht viel gesehen!«
Klaus runzelt die Stirn.
»Ich bin erst vier Wochen hier.« Ilka fängt sich wieder. »Ich hatte noch keine Zeit. Und keinen, der mitfahren würde. Allein geht ja nicht.«
»Und wo wohnst du?«
Ilka nennt ihm das Viertel, er macht: »Hm.« Ilka hat das dumme Gefühl, sich verteidigen zu müssen.
»Ich hatte ja keine Ahnung, wo ich hinkomme«, sagt sie. »Die Adresse hab ich von Bekannten.«
»Du musst dir aber vieles ansehen«, sagt Klaus. »Bleib bloß nicht in deinem Viertel hängen.«
»Mach ich schon nicht.« Sie sucht nach einem anderen Thema. »Und du, wohnst du denn hier?«
Klaus schüttelt den Kopf. »In El Salvador«, sagt er. »Ich arbeite an einem Schulprojekt für Straßenkinder mit. Da sieht es anders aus als in deinem Villenviertel, das sind die ärmsten Schweine. Doña Cecilia unterstützt uns.«
Ilka hat Caridads Stimme im Ohr: »Wer hier arm ist, ist dumm und faul.« Das zitiert sie jetzt lieber nicht. Klaus würde wahrscheinlich mit der Kaffeetasse nach ihr werfen.
Da steckt Lela schon wieder den Kopf herein.
»Doña Cecilia hat angerufen. Sie schafft es heute Vormittag nicht mehr und bittet Don Klaus, morgen wieder zu kommen.«
»Don Klaus« runzelt die Stirn und erhebt sich.
Lela kichert. »Sie hat gesagt, Ilka soll Ihnen die Stadt zeigen.«
»Ich kenn die Stadt ja überhaupt nicht«, murmelt Ilka.
»Macht nichts«, sagt Klaus. »Dann machen wir es eben umgekehrt. Ich zeige dir die Stadt.«
»Wirklich?« Ilka schaut sich unsicher nach Lela um. Eigent-

lich hat sie ihre vier Stunden noch nicht abgeleistet. Lela nickt. Ilka greift nach ihrer Umhängetasche.
»Bis morgen!«
»Viel Spaß!«
Ilka hat tatsächlich ein bisschen Herzklopfen, als sie mit Klaus ins Freie tritt. Ein »schöner Mann« wäre er in Caridads Augen wahrscheinlich nicht, dazu ist er viel zu drahtig und die Nase zu groß. Er spielt bestimmt nicht Tennis in so einem Club für feine Pinkel und ganz sicher fährt er kein Cabrio.
Kurz: Er ist Ilkas Typ.
»Wohin?« Klaus bleibt stehen und sieht sie erwartungsvoll an.
»Keine Ahnung.« Wie angenehm die Sonnenstrahlen sich auf der Haut anfühlen! Im Büro haben sie Klimaanlage, da fröstelt Ilka ständig.
»Große Attraktionen gibt es hier nicht.« Klaus sieht sich um. »Das Nationaltheater kennst du bestimmt schon. Außerdem ist Barock hässlich, vor allem unechtes Barock.«
»Von mir aus können wir einfach durch die Straßen bummeln.«
»Gut!« Klaus setzt sich in Bewegung.
Während Ilka neben ihm hergeht, wächst in ihr eine stille Freude, wird immer größer und schnürt ihr schließlich fast die Luft ab.
Jeden Tag setzt Don Rafael sie vor der Kanzlei ab und mittags geht sie direkt um die Ecke zu seinem Büro, wo er auf sie wartet.
Heute ist alles anders, heute ist Ilka kein Hund an der Leine. Heute ist sie frei.
»Hast du schon mal so große Avocados gesehen?« Klaus deutet auf den Gemüsestand an der Straßenecke. Ilka schüttelt den Kopf und lacht. Jede Avocado ist so groß wie eine Melone.
Der Händler bemerkt ihr Interesse.

»Ganz reif! Ganz süß!«
Er schneidet aus einer der Monsteravocados eine gelbe Ecke heraus. »Probieren Sie!«
Ilka will schon wieder dankend ablehnen, aber Klaus nimmt das Stück und hält es ihr hin: »Probier! Die sind Klasse!«
Ilka beißt in das Avocadostück. Himmlisch. Klaus lässt sich die Frucht in eine Plastiktüte einpacken und hält sie Ilka hin: »Schenk ich dir.«
»Danke!«
Ilka kann sich nicht satt sehen. Sie kommen an vielen kleinen Werkstätten vorbei. Durch die unverglasten Fenster sieht sie Menschen an Nähmaschinen, beim Schustern, beim Rahmenbau. Einfache Friseursalons wechseln sich mit kleinen Bars, medizinischen Labors und Möbelateliers ab. Die Besitzer der winzigen Gemüseläden haben ganze Bananen- und Palmfruchtbündel neben die stets offenen Türen gehängt. Hupend poltern Stadtbusse vorbei. Über allen Straßen liegt eine blaue Abgaswolke, Ilka hustet ab und zu ein bisschen, aber es macht ihr nichts aus.
»Warst du noch nie in so einem Viertel?« Klaus ist überrascht, weil Ilka sich so über die Straße freut.
Ilka schüttelt den Kopf. Warum bloß ist sie noch nie hierher gekommen? Die Straße liegt kaum zehn Minuten von der Kanzlei entfernt.
»Geht das denn – dass ich als Mädchen hier allein rumlaufe?«
Klaus lacht. »Es wird dir schon mal jemand nachpfeifen. Aber ansonsten passiert dir hier nichts. Es sind doch überall Leute. Du solltest vielleicht nicht gerade allein in die dunkelste Bar gehen oder um Mitternacht hier herumstehen.«
Ilkas Ohren brennen. Dann ist die Geschichte mit den bösen Männern nur ein Märchen? Oder soll sie Klaus nicht glauben?

Der ist doch gar nicht von hier, die anderen sind doch die Einheimischen.
Blöd, aber sie glaubt ihm mehr als der Familie.
Caridads Kommunistenträume kann sie aber auch nicht ernst nehmen.
Klaus zieht Ilka in eine kleine Bar und bestellt eine Karaffe Tamarindensaft. Ilka schaut ein bisschen kritisch, als das Barmädchen ihnen das braune, trübe Getränk hinstellt.
»Sieht widerlich aus«, gibt Klaus zu. »Erfrischt aber sehr.«
Ilka probiert und ist begeistert. Sie wäre wahrscheinlich von allem begeistert, was man ihr jetzt anbietet.
Plötzlich setzt die Filmmusik wieder ein, sie befindet sich mitten in ihrem lang ersehnten Abenteuer. Im Tran der letzten Wochen hätte sie es fast vergessen. Der Film hat jetzt einen richtigen Helden, so einen, der Straßenkinder rettet und vielleicht auch junge Mädchen, die allein in der Ferne hinter Gitterstäben gefangen gehalten werden.
Sie denkt an den heiligen Antonio. Vielleicht sollte sie zu der kleinen Holzkirche fahren und noch eine Kerze anzünden.
»Bist du morgen auch wieder im Büro?«, fragt Klaus, als er sie zu ihrem Treffpunkt mit Don Rafael begleitet.
»Wenn du vormittags kommst.«
»Dann komm ich vormittags.«
Er drückt sie, nur ganz leicht, so dass sie sich eine Sekunde später nicht erinnert, ob sie es sich vielleicht nur gewünscht hat. Als sie die Treppen zu Don Rafaels Büro hochgeht, klopft ihr Herz nicht nur von der Anstrengung.

»Worüber lachst du?«, fragt Don Rafael, während er das Auto vom Parkplatz in den fließenden Verkehr schleust.
»Nur so.«

Don Rafael ist geschrumpft, hat gar nicht mehr so breite Schultern, und das Auto ist in Wirklichkeit gar keine Limousine, sondern ein etwas zu lang geratenes Auto, und die Villa ein Kartenhaus mit Pappwänden und Kakerlaken drin.
Und wenn Ilka genau hinsieht, erkennt sie die schnurgerade gelegten Gleise, auf denen jeder der Villenbewohner durch ein Leben ohne Umwege braust. Doña Migrania und die Schwestern und selbst Don Rafael starren durch getönte Glasfenster, die sich nicht öffnen lassen, in eine Welt voller gerader Linien. Die Bahn führt von der silberbeschlagenen Wiege durch eine Kindheit hinter Gitterstäben und die Ehe mit dem schönen Mann direkt in ein Marmorengelgrab.

Rosa

Im Kartenhaus hat das Köchinnendrama ein vorläufiges Ende gefunden, denn nun ist Rosa da. Sie öffnet die Tür, als Don Rafael und Ilka vorfahren. Rosa ist ungefähr doppelt so groß, doppelt so dick und halb so alt wie Juana. Alles an Rosa ist kugelrund: ihr Kopf mit den kurz geschnittenen, krausen Haaren, ihre Backen, ihre Brüste, ihr Bauch. Ilka findet Rosa sofort sympathisch. Vielleicht würde sie heute jede neue Köchin sympathisch finden.

Don Rafael stochert im Essen. »Juana hat besser gekocht.«

»Diese undankbare Kreatur!« Doña Migrania mag offenbar gar nicht an die treulose Köchin erinnert werden.

Vielleicht ist sie tot, denkt Ilka. Und nachdem sie einen Moment lang Doña Migranias Miene studiert hat: Wenn sie tot wäre, wäre die Señora genauso böse über so viel Unzuverlässigkeit.

Das Essen mag nicht so gut sein wie bei Juana, aber dafür setzt Rosa dem Silberglöckchen eine fast vulgäre Energie entgegen. Ihre Bewegungen sind schwungvoll und ausladend, so dass man beim Zusehen sofort um jedes zerbrechliche Stück im Raum fürchtet. Wenn sie erscheint, füllt sie den ganzen Raum aus.

Die Schwestern mustern den Zuwachs kritisch und schrumpfen in ihren Stühlen zusammen.

»Sie hat so viele Pickel!« Mariela sagt es auf Französisch. »Hoffentlich wäscht sie sich die Hände, wenn sie das Essen macht.«

Ilka spürt, dass sie errötet. Aber die Schwestern schütteln sich kichernd. Unterdessen stapelt Rosa fröhlich die Teller aufeinander. Fehlt nur, dass sie dabei singt.
Ilka steht auf, sammelt an ihrem Ende des Tischs Gabeln und Messer zusammen und trägt sie in die Küche. Sie spürt Mariela's Blick wie einen Giftpfeil im Rücken.
»Lassen Sie das doch, *Amor*!«, wehrt Rosa ab. »Dafür bin ich schließlich da!«
»Zu Hause mache ich das auch«, sagt Ilka und lässt das Besteck geräuschvoll ins Spülbecken fallen. Sie nimmt einen Wischlappen in die Hand. Rosa entreißt ihn ihr.
»Das gehört sich aber nicht!«
Wahrscheinlich hat sie Recht. Ilka zuckt mit den Achseln und geht zurück an den Tisch. Die Familie ist wie erstarrt. Als Erste rührt Doña Migrania sich wieder.
»Es ist heutzutage nicht leicht, überhaupt eine Köchin zu finden.« Sie lässt Ilka nicht aus den Augen.
Der Gatte reagiert nicht. Er wischt sich mit der Serviette den Mund ab und legt sie auf den Tisch.
Personal ist Frauensache, da hält er sich raus.
»Wenn es nach den Kommunisten ginge, dann würden *wir* für solche Leute wie Rosa kochen!« Die Stimme der Señora ist messerscharf. Sie sieht so deutlich auf Ilka, dass sämtliche Schwestern sie ebenfalls anschauen.
Könnte nicht schaden, denkt Ilka. Sie sagt nichts, aber sie schaut so kalt und trotzig zurück, wie sie nur kann, bis die Señora den Blick abwendet.

Ilka beschließt, sich nicht die Laune verderben zu lassen. Was Personal und einfache Leute angeht, hat wohl die gesamte Familie einen Schlag weg. Schön ist das nicht, aber sie wissen es wohl nicht besser. Caridad und ihre Schwestern sind in diesem goldenen Käfig aufgewachsen und haben sicher von klein auf nur Gruselgeschichten über das gemeine Volk gehört. Sie werden sich so schnell wie möglich einen Mann suchen, der die gleichen Vorurteile hat. Wahrscheinlich sitzt Caridad dann mit achtzig Jahren schwarz und vertrocknet in einem Sessel zwischen mit Tüchern verhangenen Möbeln und hat immer noch Alpträume von Kommunisten. Ilka empfindet fast Mitleid mit ihr. Sie möchte etwas Nettes für Caridad tun.

»Wie sieht's mit dem Deutschunterricht aus?«, fragt Ilka. »Hast du Zeit?«

Caridad, die gerade ihre Tasche auspackt, sieht erstaunt auf. »Jetzt?«

»Ja, warum nicht?«

Caridad nickt und lächelt plötzlich wieder so, wie sie kurz nach Ilkas Ankunft gelächelt hat.

»Wie weit bist du denn in Frankreich mit dem Kurs gekommen? Hast du ein Lehrbuch?«

Caridad zieht einen Stapel Zettel und ein Buch aus ihrem Regal. Ilka blättert alles durch.

»Bis hierhin.« Caridad zeigt ihr die Stelle.

Ilka geht eine ganze Lektion mit Caridad durch. Plötzlich fühlt sie sich entspannt. Endlich ist sie in diesem Haus mal zu was gut. Und Caridad hört so interessiert zu und gibt sich so viel Mühe, dass Ilka ein ganz schlechtes Gewissen hat, weil sie oft so schlecht über sie denkt.

Schade, dass Ilka mit ihr nicht richtig über all das reden kann, was ihr durch den Kopf geht.

Sie hat den Eindruck, dass Caridad das auch gar nicht so genau wissen möchte.

Don Rafael, der ist da anders, der will schon gerne wissen, was in Ilkas Kopf drin ist. Am nächsten Morgen möchte Don Rafael auf der Fahrt zum Büro zum Beispiel wissen, was Ilka über »Romantik« denkt. Wie kommt er bloß darauf? Ilka fühlt sich ertappt.

»Ihr Deutschen seid ja in der Liebe sehr unromantisch«, behauptet er. »Mit eurer Gleichberechtigung. Mann und Frau müssen einander fremd bleiben. Worin besteht denn sonst der Reiz? Eine Frau muss zu ihrem Mann aufsehen, ein Mann muss seine Frau verehren, sie muss ein geheimnisvolles Wesen für ihn sein.«

»Und was ist mit Freundschaft?«, fragt Ilka.

Don Rafael verzieht das Gesicht, als habe er auf eine Zitrone gebissen.

»Das hat mit der Liebe nichts zu tun!«

Ein Taxi überholt sie mit quietschenden Reifen und prescht vor ihnen über die rote Ampel. Don Rafael schüttelt missbilligend den Kopf und dreht das Radio an. Er hört immer nur den Klassiksender.

»Ich möchte aber gar kein geheimnisvolles Wesen sein«, sagt Ilka nach einer Weile. »Wie anstrengend! Ich möchte lieber einfach so sein, wie ich bin. Und wer sich in mich verliebt, der soll wissen, mit wem er es zu tun hat. Was hab ich denn davon, wenn mich einer toll findet, weil ich ihm so fremd bin?«

»Ich sag ja, ihr Deutschen seid unromantisch.« Don Rafael fährt wieder an. Ilka beschließt grinsend, sich die schönen Cousins endgültig abzuschminken. Geheimnisvolles Wesen, das zu ihnen aufschaut … das fehlte noch! Außerdem hat sie die ja nicht mehr nötig, nachher trifft sie Klaus …

»Bei uns bringen die jungen Männer ihrer Geliebten ein Ständchen, mit Gitarre und romantischen Liedern«, fährt Don Rafael fort. Jetzt kann sich Ilka das Lachen kaum noch verbeißen. Sie

sieht Don Rafael mit der Gitarre unter dem Fenster stehen. Die angebetete Doña Migrania liegt derweil oben mit dem Eisbeutel auf der Stirn auf dem Sofa und stöhnt.
Don Rafael ist nicht böse, weil Ilka von seiner Romantik nichts wissen will. Er summt die Sinfonie im Radio mit und hält an der Ecke vor der Kanzlei.
Als Ilka aussteigt, ruft er sie zurück. »Fast hätte ich es vergessen«, sagt er. »Ich kann dich heute nicht mit nach Hause nehmen, ich habe eine Besprechung. Du musst ausnahmsweise mit dem Bus fahren. Lass dich von jemandem zur Haltestelle bringen und komm direkt nach Hause!«
Ilka nickt und kann ihr Glück nicht fassen. Sie ist frei!

Ein weißes Pferd parkt in der Nähe

So häufig hat sich Ilka noch nie vertippt wie an diesem Morgen! Sie muss jeden Brief zweimal ausdrucken. Nur gut, dass nichts Eiliges dabei ist.

Klaus kommt am späten Vormittag. Er wird gleich im Flur von Doña Cecilia abgefangen und hat gar keine Zeit, Ilka zu begrüßen. Ihre Laune sinkt. Der Drehbuchautor soll bloß keinen Fehler machen!

Endlich klopft es doch noch an der Tür.

»Stör ich?«, fragt Klaus.

Filmhelden stellen manchmal überflüssige Fragen.

»Wie lange arbeitest du noch?«

»Bis zwölf.«

»Hast du Lust, dann was essen zu gehen? Ich hol dich ab.«

Und schon ist er wieder weg.

Ilka würde die Anwältin umarmen, wenn die jetzt hereinkäme. Das würde der wahrscheinlich nicht gefallen. Sie braucht den Abstand einer massiven Schreibtischplatte zwischen sich und ihren Angestellten. Ilka umarmt sich selbst, dann wird sie wieder praktisch. Unwahrscheinliches Glück, dass Papa Rafael heute von sich aus abgesagt hat, sonst müsste sie ihn jetzt womöglich um Erlaubnis fragen, ob sie ausgehen darf. Und das am helllichten Tag. Allerdings wäre es besser, sie würde wenigstens in der Villa Bescheid geben, dass sie nicht zum Essen kommt.

Sie wählt die Nummer und hat noch einmal Glück: Rosa ist am Telefon. Das hat zwar den Nachteil, dass Ilka spanisch sprechen muss, dafür den Vorteil, dass Rosa keine bohrenden Fragen stellt. Die sagt nur: »Ist gut, *Amor.*«

Punkt zwölf ist Klaus da. Ilka hat noch nicht mal den Computer ausgeschaltet. Er studiert ein großformatiges, sehr buntes naives Gemälde an der Wand im Büro, während sie aufräumt. »Indiokunst«, sagt er dazu. »Die Indios selbst behandeln sie wie den letzten Dreck, aber ihre Kunst hängen sie sich dann in ihre reichen Häuser.« Er sieht Ilka an. »Ich meine nicht Doña Cecilia. Die hilft uns schließlich. In El Salvador ist das alles außerdem noch viel schlimmer mit den Armen und den Reichen.«

»Bist du Kommunist?«, hört Ilka Caridads Stimme. Sie sagt aber nichts, sondern hängt die Tasche um.

»Ich dachte, wir essen vielleicht einen Hamburger«, schlägt Klaus vor, als sie aus dem Haus treten.

Ilka starrt ihn so maßlos enttäuscht an, dass er lachen muss.

»Keine Angst, das war nur ein Scherz. Was wär dir denn lieber?«

»Was richtig Costa-Ricanisches.«

»Na gut, gehen wir nach Westen«, sagt Klaus.

Ilka muss lachen. »Klingt wie im Western!«

»Kennst du das nicht?« Klaus schüttelt den Kopf. »Du bist wohl wirklich noch nie allein in der Stadt gewesen.«

Und er erklärt Ilka, dass die Straßen der Innenstadt wie ein Schachbrett angeordnet sind. Die *Avenidas* laufen von Osten nach Westen und die *Calles* von Norden nach Süden.

»Wenn man nach dem Weg fragt, kriegt man immer eine Antwort wie ›von der Buchhandlung Universal aus viereinhalb Blöcke nach Süden, dann zwei Blöcke nach Osten‹.«

»Meine Güte!« Ilka grinst. »Da braucht man ja einen Kompass!«

»Außerhalb des Zentrums ist es noch schlimmer. Da haben die Straßen keine Namen und keine Nummern. Da heißt es dann: ›Von da aus, wo sie vergangenes Jahr den schwarzen Hund überfahren haben, zweihundert Schritte nach Südosten und an der Stelle, wo früher der große Feigenbaum stand, nach Norden abbiegen …‹« Klaus schaut kurz zur Ampel hoch, springt vom Rinnstein und zieht Ilka gerade noch über die Straße, bevor die Autos losbrausen.
Sie landen in einem kleinen, gemütlichen Lokal am westlichen Rand des Zentrums. Es stehen nur ein paar kleine quadratische Tische drin und die angebotenen Speisen hat jemand mit vielen Rechtschreibfehlern an eine Tafel geschrieben. Die »N« sind durchgehend spiegelverkehrt.
»Willst du Reis mit Bohnen?«, fragt Klaus. »Das ist doch was Typisches.«
Ilka schüttelt den Kopf. »Krieg ich jeden Tag.«
»Bei den Millionären?« Klaus staunt.
Schließlich bestellen sie Huhn und frittierte Yucca-Plätzchen und gebratene Kochbananen, die mag Ilka besonders gern. Und während sie noch essen, fängt Ilka an zu erzählen: Wie sie nach Costa Rica geraten ist und wie es ihr im goldenen Käfig ergeht.
Seit sie von zu Hause weggeflogen ist, hat sie mit niemandem mehr offen geredet, das fällt ihr erst jetzt auf. Klaus kommt aus ihrer Welt, der ist vertrauter als die Einheimischen, die sie bis jetzt kennen gelernt hat. Sie hat das Gefühl, dass er zwischen den Zeilen lesen kann, wenn sie die Familie und ihre Club-Wochenenden schildert. Er hört ruhig zu und sticht dabei mit der Gabel Muster in seine Papierserviette.
»Klingt nicht gut«, sagt er schließlich. »Warum bleibst du dann hier?«

»Wo soll ich hin?«
»Nach Hause zum Beispiel.«
»Quatsch!« Ilka ist ehrlich entrüstet. Das wäre ja noch schöner! Sie ist ja noch gar nicht richtig angekommen! Schon sieht sie sich blass und mit gesenktem Kopf wieder am Frankfurter Flughafen stehen. »Du bist ja noch nicht mal braun geworden«, sagt ihre Mutter und: »Ich hätte dir das gleich sagen können.«
Und Papa wird sagen: »Jetzt ist sie hoffentlich vernünftig geworden«, und dann der übliche Chor: »Prak-ti-kum, Ar-beitsmarkt, sinn-voll.«
In die Schule kann sie dann schon gar nicht zurückgehen. Die lachen sie ja aus.
»Dann zieh bei den Millionären aus«, schlägt Klaus vor.
»Ach, so schlimm sind sie doch auch nicht.« Jetzt nimmt Ilka die Familie in Schutz! Vielleicht hat sie in ihren Schilderungen ja doch ein bisschen übertrieben. »Ich kenne doch sonst niemanden und Geld für ein Zimmer hab ich auch nicht. Und ich bin noch nicht achtzehn. Nicht ganz«, fügt sie hastig hinzu. Ist ja auch wahr. In ein paar Wochen hat sie Geburtstag.
»Na, dann musst du eben weiter durchhalten. Vielleicht zeigen sie dir was, wenn die Trockenzeit kommt. Wenn du dich bis dahin nicht mit allen verkracht hast.«
»Ich hab keinen Krach.« Ilka stochert im Reisrest auf ihrem Teller herum. »Ich bin eben anders als die.«
»Hast du nicht vorhin gesagt, du bist hierher gekommen, weil hier alles anders ist?«
»Ja, aber doch nicht so …« Ilka überlegt, wie sie es ihm erklären kann. »Das ist ja noch schlimmer! Die sind erst recht eingesperrt.«
»Das ist ja auch nicht die einzige Wirklichkeit in diesem

Land.« Klaus winkt dem jungen Mädchen hinter der Theke. »Die Rechnung bitte.« Dann wendet er sich wieder Ilka zu: »Das ist eine von vielen Wirklichkeiten. Leider haben die alten Plantagenbesitzer immer noch in vielen Bereichen das Sagen. Aber wenn du nichts anderes als ihr Leben kennst, kennst du nur eine Seite.«

Er seufzt. »Ja, schade, dass ich morgen schon fliege. Sonst hätte ich dich ab und zu entführen können.«

»Morgen?« Ilkas Stimme ist plötzlich ganz dünn. Was fällt dem Drehbuchautor ein, das kann er doch nicht machen!

Klaus nickt. Er zieht einen Kugelschreiber aus der Jacke und schreibt seinen Namen und seine Adresse auf die Papierserviette mit dem Gabelstichmuster. Die schiebt er Ilka zu.

»Wenn was ist«, sagt er, »ruf an. Ich ziehe allerdings bald um. Die neue Nummer gebe ich dir dann.«

Ilka steckt die Serviette ein. Klaus bezahlt die Rechnung. Ilka möchte überhaupt nicht aufstehen.

»Komm, gehen wir noch ein paar Schritte, bevor es wieder regnet«, schlägt Klaus vor. »Warst du mal im Zoo? Der ist hier gleich um die Ecke.«

So hat sich Ilka ihre erste Begegnung mit Affen und Nasenbären nicht vorgestellt! Solange er da ist, ihr die Hand leicht auf die Schulter legt, wenn er ihr was zeigen will, reicht ihr auch ein Zoo.

Komisch, die Tiere in ihren Käfigen sind hier gar nicht exotisch, die sind in diesem Land daheim! Man bräuchte ihnen nur die Tür aufzumachen. Da gäbe es keine Schlagzeilen wie »Affe entlaufen!«. Der Affe würde einfach nach Hause gehen.

»Diese blöden Gitterstäbe!«, sagt Ilka.

Klaus nickt.

»Ja, war keine gute Idee mit dem Zoo. Mir ist so schnell nichts

Besseres eingefallen.« Er sieht misstrauisch in den Himmel, der sich bedrohlich verfinstert hat. »Gleich geht's los.«
Er zieht Ilka ins Reptilienhaus. Einen Moment später rauscht draußen der Regen los. Er trommelt auf das Dach, Blitze zucken, in ihren Glasbehältern liegen starr und steif die Schlangen. Nur hin und wieder fährt eine gespaltene Zunge aus einem der Mäuler. Schade, dass Klaus Ilkas Hand wieder losgelassen hat.

Mitten durch den Wolkenbruch

Als der Regen kurz nachlässt, bringt Klaus Ilka zu ihrem Bus. Sie ist in San José noch nie allein mit dem Bus gefahren. Eigentlich erstaunlich, dass Don Rafael ihr das erlaubt, wo es doch angeblich überall von gefährlichen Kriminellen wimmelt.

»So ein Quatsch«, sagt Klaus dazu. »Pass eben ein bisschen auf deine Handtasche auf. Das würdest du in Europa ja auch.«

Klaus küsst Ilka leicht auf den Mund. Ilka möchte sich ihm am liebsten an den Hals werfen und ihn bitten, sie mitzunehmen. Nach El Salvador oder sonst wohin, ganz egal. Aber sie steigt ein. Sie kriegt nur einen Stehplatz, eingequetscht zwischen einem schwitzenden dicken Mann und zwei Hausfrauen mit Großeinkauf.

Aber obwohl sie unglücklich ist, ist sie auch ein kleines bisschen glücklich. Wie das eben so ist, wenn man sich gerade verliebt hat.

Als sie an der Ecke vor der Villa aussteigt, fällt der Regen wie ein Wasserfall. Innerhalb einer halben Sekunde ist sie völlig durchnässt.

Die Gewalt dieses Regens passt wieder in ihren Film. Die Liebenden trennen sich, wann werden sie sich wieder sehen? Ein Unwetter tobt über der weißen Villa …

So ein deutscher Nieselregen wäre geradezu lächerlich in dieser aufgewühlten Situation.

Rosa öffnet die Tür und schreit entsetzt auf. »Sie sind ja ganz nass, *Amor*!«

Ilka schleicht ins Zimmer, aber Doña Migrania und Caridad haben ihre Ankunft bemerkt und sausen hinterher.
»So spät kommst du!« Doña Migranias Stimme ist leise und gequält. »Und in so einem Zustand! Du wirst ja wohl nicht behaupten, dass du so lange gearbeitet hast.«
Caridad steht mit strenger Miene neben ihrer Mutter.
»Ich bin spazieren gegangen«, sagt Ilka betont freundlich. »Mit einem Klienten.«
Gleich darauf möchte sie sich auf die Zunge beißen. In Caridads Augen blitzt die Neugier. Die Mutter sieht so aus, als möchte sie noch etwas sagen. Dann überlegt sie es sich aber und geht in Richtung Küche. Wahrscheinlich holt sie sich einen neuen Eisbeutel.
Caridad setzt sich auf ihr Bett. Jetzt ist ihre Miene verschwörerisch.
»Was für ein Klient denn? Interessant?«
Wenn man gerade frisch verliebt ist, noch dazu unglücklich, dann ist es gut, man hat eine Freundin, der man es erzählen kann. Meike wäre Ilka lieber, aber die ist nun einmal nicht da. Außerdem interessiert sich Caridad ja für Männergeschichten. Also erzählt Ilka. Caridad hört schweigend zu.
»Am liebsten würde ich gleich mit ihm fliegen«, sagt Ilka zum Schluss und lacht ein bisschen.
»Das würdest du tun?« Caridad starrt Ilka entsetzt an.
»Wenn er mich fragen würde, vielleicht?« Jetzt hat sich Ilka ein bisschen verrannt. »Ich meine, nicht dass es mir hier nicht gefällt. Aber das wäre doch ein Abenteuer.«
»Das wäre eine Sünde!«
Ilka starrt Caridad an. Damit hat sie nicht gerechnet.
Caridad ist ganz blass. Ihre Augen glänzen, als würde sie gleich weinen. »Ich weiß schon, dass die Frauen in Europa sich

nicht an die Gebote Gottes halten. Dass die keinen Respekt mehr vor der Ehe haben. Denkst du wirklich auch so?«
»Meine Güte, ich muss ja nicht gleich in der ersten Nacht mit ihm ins Bett steigen!« Ilka reagiert heftiger, als sie eigentlich wollte. »Aber wenn du fragst, ob ich unschuldig in die Ehe gehen möchte, also das bestimmt nicht. Ich hab nicht vor, eine alte Jungfer zu werden.« Sie bricht ab. Hätte sie sich doch wenigstens den letzten Satz verkniffen! Caridad wird brennend rot. Sie sitzt einen Moment lang stumm da, dann steht sie auf und geht aus dem Zimmer. Ilka legt sich aufs Bett und vergräbt das Gesicht im Kissen.
Blöde Kuh!, denkt sie, aber sie ist sich nicht mal sicher, ob sie damit Caridad oder sich selbst meint.

Eine verschlossene Tür

Ilka sitzt lustlos im Büro. Sie hat wenig zu tun. Weil es gerade keine Briefe an deutsche Klienten zu tippen gibt, schreibt sie Doña Cecilias Honorarabrechnungen. Dabei wird sie richtig ärgerlich. Die Chefin verdient in einer einzigen Stunde mehr als sie in einem ganzen Monat, in zwei Stunden mehr als eine vollbeschäftigte Köchin!

Die gehört also auch zum Clan der »guten Familien«.

Klar, das hätte sich Ilka denken können. Viele Etagen tiefer hätte Don Rafael sie bestimmt nicht vermittelt.

Gut an diesem Tag ist nur, dass sie wieder mit dem Bus nach Hause fahren darf. Das ist jetzt schon öfter vorgekommen. Don Rafael hat viel zu tun. Ein Treffen mehrerer Staatsoberhäupter in der costa-ricanischen Hauptstadt steht an.

Ilka findet den Weg zur Bushaltestelle jetzt allein. Seit sie mit Klaus gesprochen hat, jagen ihr die »düsteren« Gestalten auf den Gehsteigen und im Park keine Angst mehr ein. Jüngere und ältere Männer sehen ihr nach, wenn sie vorbeigeht, rufen manchmal auch etwas, was sie nicht versteht, aber sie ist immer völlig unbehelligt durchgekommen.

»Am gefährlichsten in dieser Stadt sind die Autofahrer«, hat Klaus gesagt. »Die fahren dich blind über den Haufen, wenn du nicht aufpasst!«

Ein Schulmädchen mit Zöpfen und blauer Bluse grinst, als Ilkas Blick auf sie fällt. Ilka grinst zurück.

»Na, ist die Schule aus?«, fragt Ilka mit ihrem schlechten Spanisch.

»Kommst du aus Amerika?«, fragt das Mädchen zurück.
»Nein«, sagt Ilka. »Aus Deutschland.«
»Ist das weiter weg als Miami?«
»Viel weiter.«
Das Mädchen kichert. Sie glaubt Ilka offenbar kein Wort. Kurz bevor der Bus das Viertel mit den bunten Holzhäuschen verlässt, steigt sie aus und winkt Ilka zu. Ilka winkt zurück. Sie würde gern aussteigen und sich ansehen, wo dieses Mädchen wohnt. Weil die Kinder alle Schuluniformen tragen, kann man auf den ersten Blick nicht sagen, ob sie aus reichen oder armen Verhältnissen stammen.
Als Ilka nach Hause kommt, haben alle schon gegessen. Wie jeden Tag will sie sich zuerst umziehen. Aber als sie an dem Knauf zu ihrem Zimmer dreht – Türfallen wie zu Hause gibt es hier nicht –, geht die Tür nicht auf. Ilka probiert es noch mal, vielleicht klemmt der Riegel oder sie macht was falsch. Nichts rührt sich. Da erst dämmert es ihr, dass das Zimmer von innen abgeschlossen ist.
»Caridad schläft.« Mariela ist aus ihrem gegenüberliegenden Zimmer gekommen und mustert die Laborratte Ilka, die ratlos vor der Tür steht.
»Ist sie krank?«
»Nein. Sie braucht ihre Ruhe.«
Ilka sieht Mariela einen Augenblick ratlos an. Marielas eiskalte Augen blitzen triumphierend. Ilka fühlt einen solchen Zorn in sich wachsen, dass sie Mariela am liebsten eine kleben würde. Sie wirft ihre Tasche in den Flur, zieht die leichte Jacke über und läuft aus dem Haus.
Kaum hat sie die Tür hinter sich zugeknallt, da fällt ihr ein, dass ihr ganzes Geld in der Tasche ist. Noch nicht mal Kleingeld für den Bus hat sie jetzt dabei. Also muss sie in der Nähe

des Hauses bleiben. Mit entschlossenen Schritten geht sie in Richtung Park, den richtigen, »gefährlichen« Park. Sollen sie doch kommen, die bösen Männer. Heute ist sie in der richtigen Laune, jedem in die Eier zu treten, der was von ihr will.
Im Park sind keine bösen Männer. Dunkelhäutige Kindermädchen hüten weißhäutige Kinder. Ilka rollt ein Ball vor die Füße, sie wirft ihn zurück. Dann setzt sie sich auf den Sockel eines Denkmals und schaut den Kindern zu. Ihr Zorn verraucht und macht einer Ratlosigkeit Platz, die sich wie eine schwere, weiße Decke auf sie legt.
Was jetzt?
Nimmt sie es nicht viel zu ernst, dass Caridad einmal die Tür abschließt? Kann ja sein, dass sie wirklich ihre Ruhe braucht. Seit dem Gespräch über Klaus und die »Sünde« hat sie kaum mehr ein Wort mit Ilka gesprochen. Alle fünf Schwestern haben Ilka die letzten Tage schief angesehen. Selbst Mariela hat ihr Interesse an der Laborratte verloren. Wenn Caridad ihrer Mutter von Ilkas sündhaften Gedanken erzählt hat, dann gute Nacht.
Ilka ahnt, dass es in der Villa noch sehr ungemütlich werden kann. Aber welche Wahl hat sie?
Nach Hause fliegen, das ist unmöglich, nie im Leben!
Irgendwie muss es weitergehen. Sie wird weiterhin freundlich zu Caridad und den Schwestern sein. Vielleicht schafft sie es, im Haus zu wohnen, ohne allzu sehr aufzufallen. Und vielleicht, man weiß ja nie, geschieht in den nächsten Wochen noch etwas ganz anderes, etwas, was der Situation eine unerwartete Wendung gibt.
Vielleicht Klaus, brummt ein Gedanke wie eine Fliege in ihrem Ohr, aber sie haut schnell mit der Fliegenklatsche drauf, damit Ruhe ist.

Auf jeden Fall sehe ich die Karibik!, schwört sich Ilka, und da fühlt sie sich schon ein bisschen besser.

Von diesem Tag an ist die Zimmertür immer abgeschlossen, wenn Ilka nach Hause kommt.
Und von diesem Tag an verbringt Ilka ihre Nachmittage auf der Straße.
Sie fährt vom Büro aus erst in die Villa und isst eine Kleinigkeit – meistens Reis mit Bohnen, weil die anderen das verschmähen und jeden Tag eine Menge übrig ist. Dann nimmt sie das Portmonee aus der Tasche und geht wieder.
In der ersten Woche lernt sie jeden Winkel des Viertels kennen, vom »gefährlichen« Park bis zum Barranco, einer steilen kleinen Schlucht, hinter der die Felder anfangen.
In der zweiten Woche fährt Ilka nachmittags mit dem Bus zurück in die Stadt. Sie geht in Buchhandlungen, hört den Straßenmusikern zu und schlendert durch die Kaufhäuser. Die Stadt ist laut und schmutzig, Menschenmassen drängeln sich über die Gehsteige. Ilka hat überhaupt keine Angst mehr. Wenn sie durch die Straßen der Innenstadt geht, spürt sie im Kopf eine merkwürdige Schwerelosigkeit. Sie ist frei, aber sie weiß, dass jeder Tag, den sie auf der Straße verbringt, die Stimmung der Familie verschlechtert, zu der sie unweigerlich bei Anbruch der Dunkelheit zurückkehrt.
Jeden Tag rechnet sie mit einer Szene, erwartet Vorwürfe und Verbote. Aber eisiges Schweigen empfängt sie. Ein paar Mal hat sie sich vorgenommen, mit Caridad offiziell Frieden zu schließen, mit ihr zu reden. Aber wenn sie das Zimmer betritt, geht Caridad hinaus. Ilka kommt gar nicht mehr an sie ran. An keine der Schwestern kommt sie mehr ran.
»Spielen wir Karten?«, fragt Ilka zum Beispiel Josefina, die

gelangweilt am Tisch sitzt und mit einem Kugelschreiber Drei- und Vierecke auf einen Briefumschlag zeichnet.
Josefina errötet, schüttelt den Kopf. Sie legt den Kugelschreiber weg und verschwindet in ihrem Zimmer.
Die Haltung der Señora ist schweigend vorwurfsvoll. Wie eine gerupfte Straußenhenne, denkt Ilka. Am härtesten trifft es sie, dass auch Don Rafael wortkarg geworden ist.

Immer Ärger mit dem Personal

Als Ilka eines Abends von ihren Streifzügen zurückkommt, liegt eine Postkarte mit einem Totenkopfäffchen auf ihrem Bett. Ilka dreht sie um. Sie ist von Klaus. Er hat sie auf dem Flug nach El Salvador geschrieben. »Halt die Ohren steif!«, steht drauf. »Ich melde mich wieder.«
Nicht gerade eine Liebeserklärung, aber immerhin: Auf dem Flug hat er noch an sie gedacht. Sie legt die Karte in ihr Tagebuch und setzt sich aufs Bett.
Es klopft leise.
»Adelante!«
Rosas Kugelkopf erscheint in der Tür. »Wollen Sie nicht noch was essen? Es ist noch Reis da, ich mach ihn warm.«
Ilka nickt. »Ich komm gleich.«
Als sie an den Esstisch kommt, ist Doña Migrania gerade dabei, das Silberbesteck zu zählen. Das macht sie zweimal in der Woche, seit Rosa hier arbeitet.
Rosa lässt sich nicht erschüttern. Ilka hört sie in der Küche singen und muss unwillkürlich lachen.
Je fröhlicher Rosa wird, desto mehr verkrampft sich die Miene der Señora. Glücklicherweise schaut gerade eine Tante herein.
»Du bist beschäftigt? Ich möchte nicht stören.« Sie sieht auf das Silberbesteck.
»Ich bin gleich so weit. Traurig genug, dass man heutzutage so auf sein Eigentum aufpassen muss!« Die Señora betrachtet ihr Spiegelbild in einem Suppenlöffel.
Die Tante sinkt auf den Nachbarstuhl. »Man kann gar nicht

vorsichtig genug sein«, bestätigt sie. »Aber meine Dienstboten wissen genau, wenn mir auch nur ein Kugelschreiber fehlt, dann werden sie sofort gefeuert.«
Die Señora legt den Löffel auf die Tischdecke. Sie sieht ihre Schwägerin an, als möchte sie sich an ihrer Schulter ausweinen.
»Diese neue Köchin frisst uns die Haare vom Kopf!«, berichtet sie mit belegter Stimme. Ilka horcht auf. Sie weiß, dass die Köchin nach der Mahlzeit die Reste essen darf. »Gestern hat sie sämtliche Fleischreste verschlungen! Wenn Fleisch übrig ist, kann man das doch noch mal aufwärmen, das heißt doch noch lange nicht, dass die Köchin alles fressen darf! Und Milch trinkt sie dazu, Milch! Soll sie Wasser trinken, sie ist doch keine Kuh!«
Kühe trinken ja auch Wasser, denkt Ilka automatisch, aber sie mischt sich nicht ein, sondern tut, als konzentriere sie sich auf die letzten Reiskörner auf ihrem Teller.
Die Tante schüttelt den Kopf und erzeugt in ihrer perlenbehangenen Kehle gurrende Laute des Mitgefühls.
»Wenn du mich fragst, ich finde es ja schon unverschämt, dass die Dienstboten nicht mehr im Haus wohnen wollen wie früher«, sagt sie. »Jetzt kommen sie ihre paar Stunden und verschwinden wieder, als würde sie alles Weitere nichts angehen.«
Doña Migrania nickt. »Ich wollte dieses Mal unbedingt eine Köchin im Haus wohnen haben. Wer soll denn das Frühstück machen? Etwa ich in meinem Zustand?« Sie legt sich die Hand an die Schläfe, die Schwägerin schüttelt den Kopf. »Diese Frau«, Doña Migrania nickt in Richtung der fröhlich singenden Stimme, »ist nicht dazu zu bewegen, vor sieben Uhr morgens hier anzufangen.«
Ilka kann es nicht mehr ertragen. Sie schiebt geräuschvoll ih-

ren Stuhl zurück, wirft den beiden Señoras einen Blick zu, in den sie alle stumme Verachtung legt, zu der sie fähig ist, und trägt den Teller in die Küche.
»Danke, *Amor*«, sagt Rosa, als Ilka ihr den Teller hinstellt.
Ilka lehnt sich an den Kühlschrank und sieht sich um.
»Wieso gibt es in der Küche eigentlich keinen Stuhl?« Das ist ihr bisher noch nie aufgefallen.
»Ich hab die Señora um einen gebeten, aber ich kriege keinen.« Rosa lacht. »Sie sagt, sie bezahlt mich nicht dafür, dass ich mich ausruhe.«
Fast hätte Ilka »Blöde Kuh!« gesagt, aber sie schluckt es noch rechtzeitig runter. Ganz so respektlos darf sie sich ihren Gastgebern gegenüber nun doch nicht benehmen. Also macht sie nur »Hm!«.
»Immer nur stehen, das geht ganz schön ins Kreuz.« Rosa fischt das Besteck aus der Spülmaschine, reibt jedes Stück noch einmal ab und legt es in die Schublade. »Und da möchte die Señora, dass ich noch früher komme.« Hat sie vielleicht doch das Gespräch zwischen den Damen mitgehört? »Aber ich sage, Señora, sage ich, ich würde ja gerne, aber ich kann erst fortgehen, wenn meine eigenen Kinder aus dem Haus sind.«
Ilka schnappt nach Luft. Auf die Idee, dass Rosa eine eigene Familie hat, ist sie noch gar nicht gekommen.
»Wie viele Kinder haben Sie denn?«
»Ach, nur drei!« Rosa winkt ab. »Und die zwei Großen, die kommen schon allein zurecht. Aber die Kleine ist krank. Die bringe ich jeden Morgen zu meiner Mutter. Noch früher kann ich sie da nicht hinbringen.« Eine Gabel landet mit lautem Geklapper in der Schublade. »Aber die Señora sagt, wenn ich nicht das Frühstück mache, kann sie mir nicht so viel bezahlen.«

»Aber Ihre Kinder sind doch wichtiger!«
»Zu Ihnen sind sie ja auch nicht nett, *Amor.*« Rosa stützt sich mit den breiten Händen auf den Spülstein und schaut Ilka fest an. »Gute Menschen sind das nicht.«
»Immerhin darf ich hier wohnen und essen!«, sagt Ilka lahm. »Sie wären nicht verpflichtet dazu, sich um mich zu kümmern.«
»Jaja.« Rosa wiegt den Kopf. »Das ist schon wahr. Aber nett sind sie nicht.«

Der unverschämte Diebstahl

Noch in derselben Woche hört Ilka vom Zimmer aus das wilde Gezeter der Señora und dazwischen Gestammel von Rosa. Sie springt auf und geht in den Flur, ohne sich für ihre Neugier zu schämen. Rosa ist ihre Freundin, Ilka möchte wissen, was mit ihr geschieht.

Alle Schwestern haben sich bereits versammelt.

Da steht Rosa, ganz rot im Gesicht. Vor ihr die Señora. Auf dem Tisch liegt ein geöffneter Plastikbeutel.

»Sie bestiehlt uns!« Die Señora spricht es sehr feierlich aus. »Ganz frech, ganz ungeniert. Sie geht einfach mit der Tüte an mir vorbei. Was ist da drin?, frage ich. Ach, nur ein paar Reste, sagt sie.«

Mariela geht zu der Tüte und sieht hinein. »Na, das ist ja die halbe Speisekammer!«, sagt sie. »Dabei ist die doch schon dick genug!«

Ilka kneift die Augen zusammen. Sie möchte Mariela eine knallen. Aber sie beherrscht sich und schaut selber in die Tüte. In einen kleineren, durchsichtigen Beutel hat Rosa gekochten Reis und Bohnen gefüllt. Sehr appetitlich sieht das nicht aus. In einem Tupperschälchen sind ein paar Löffel Gemüse, und dann liegt noch trockenes Brot dabei, das vom Frühstück übrig ist. Brot gibt es jeden Morgen frisch vom Bäcker.

»Na ja«, sagt Ilka zu Mariela. Direkt die Señora ansprechen möchte sie nicht. »Ist doch nicht so wild.«

»*Dich* frisst sie ja auch nicht arm!«, schnappt Mariela. »Du bezahlst ja nicht mal dein eigenes Essen!«

Ilka wird puterrot. Natürlich hat Mariela Recht. Was soll sie als Gast dazu sagen. Aber sie spürt so eine ohnmächtige Wut im Bauch, dass sie am liebsten Türen knallend fortlaufen möchte. Die Köchin frisst die Familie arm, also, das möchte sie doch mal sehen! Ihr Gehalt ist wahrscheinlich nur halb so hoch wie der monatliche Clubbeitrag eines einzelnen Familienmitgliedes!

Als Don Rafael nach Hause kommt, überfällt ihn die Señora mit den Neuigkeiten von der diebischen Köchin. »Sie frisst uns die Haare vom Kopf, wenn wir keinen Riegel vorschieben! Du musst ein Machtwort sprechen!«

Don Rafael ist ärgerlich über die Belästigung und verzieht sich in sein Zimmer, ohne ein Machtwort zu sprechen. Personal geht ihn nichts an. Doña Migrania muss wieder alle ihre Freundinnen anrufen und sich von ihnen trösten lassen.

Von diesem Tag an kontrolliert die Señora persönlich Rosas Taschen, bevor sie aus dem Haus geht. Und von diesem Tag an mag Ilka am Tisch überhaupt nichts mehr essen. Ihr Hals ist wie zugeschnürt. Natürlich hat sie keine ernsthaften Sorgen, dass sie die Familie arm frisst, aber die Missgunst liegt wie eine Giftwolke über dem Tisch. Ilka würgt immer nur ein paar Löffel Reis herunter. Auf den Nachtisch verzichtet sie schon lange. Da brauchen ihr die Schwestern schon nicht die Augen auszuhacken. Sollen sie sich untereinander drum schlagen. Ilka kauft sich Obst oder auch einmal ein Brötchen in der Stadt. Sie wird von Tag zu Tag dünner, alle Hosen schlottern ihr um den Bauch. Wenn sie in den Spiegel schaut, kriegt sie einen Schreck. Sie ist noch weißer als bei ihrer Ankunft und ihr Gesicht sieht so aus, als müsse sie das Lachen erst wieder lernen. Einmal kriegt sie im Büro einen Heulanfall. Die Kollegen stehen ratlos um sie herum und spekulieren, dass es der viele

Regen ist oder das Heimweh. Lela denkt bestimmt an Klaus. Ilka schämt sich und ist wütend auf ihre schlechten Nerven. Noch am selben Nachmittag geht sie wieder in die Stadt und sammelt in den verschiedenen kleinen Reisebüros Prospekte mit Busreisen in die Karibik und an den Pazifik. Es sind so wunderbare Bilder drin. Ilka muss durchhalten, sie muss das alles selbst sehen. Die Prospekte legt sie auf ihren Nachttisch. Caridad schielt herüber, sagt aber nichts.

Sie sagt sowieso nichts mehr. Deutsch möchte sie auch nicht mehr lernen.

Rosa rächt sich. Na ja, Ilka ist sich nicht ganz sicher, ob es wirklich eine überlegte Rache ist, aber wirksam ist es schon, was sie ein paar Tage später tut: Sie erzählt Gespenstergeschichten. Rosa stammt nämlich aus der Region Guanacaste, weiß Ilka inzwischen, und in Guanacaste gibt es viele Gespenster. Rosa kennt sie offenbar alle persönlich. Sie wartet auf einen günstigen Moment – als das Gewitter direkt über der Stadt steht, als der Strom ausfällt und alle Schwestern sich ängstlich im Esszimmer zusammendrängen – und dann beginnt sie, genussvoll vom kopflosen Reiter zu erzählen, vom Ochsenkarren ohne Ochsen, der des Nachts durch die leeren Straßen quietscht und holpert.

»Da hat nämlich mal einer Holz aus einer Kirche gestohlen und den Karren damit gebaut«, erklärt sie. »Ich hab ihn selbst gesehen, und nicht nur einmal!« Sie macht große Kulleraugen. »Ganz langsam ist er um die Kurve gefahren, gleich vorne vor dem Haus meiner Großtante Maria Consuelo. Und die Hunde haben gejault, dass es jedem Christenmenschen kalt den Rücken runtergelaufen ist, und die Hähne haben mitten in der Nacht zu krähen angefangen.«

Ein Donnerschlag kracht, die Mädchen kreischen.
»Maa-mi!«
Aber Maa-mi ist nicht da, Maa-mi ist zum Teekränzchen geladen.
Rosa geht zurück in ihre Küche. Weil es dunkel ist, kann Ilka ihr Gesicht nicht sehen, aber bestimmt ist Rosa sehr mit sich zufrieden.

Der erste Advent

Seit zwei Monaten ist Ilka jetzt in Costa Rica.
Eines Tages taucht inmitten der Hitze der Fußgängerzone eine Gestalt im dicken roten Mantel mit Kapuze und langem weißen Bart auf, der unter »Hohoho!«-Rufen vor dem Kaufhauseingang auf und ab geht.
Ilka ist völlig verblüfft, aber es stimmt: Die Adventszeit hat angefangen.
Absurd kommt ihr das vor, denn ringsum grünt, blüht und wuchert es und die schwüle Hitze scheint von Tag zu Tag zuzunehmen. Noch immer entlädt sich jeden Nachmittag ein fürchterliches, oft Stunden andauerndes Gewitter. Alles im Haus ist feucht: jedes Papier, jedes Kleidungsstück. Die Handtücher trocknen überhaupt nicht mehr und die Bettdecken sind klamm und ungemütlich. Die Moskitos werden immer aufdringlicher. Sie stürzen sich auf Ilka, als käme ihnen die Abwechslung – frisches Blut aus Europa – sehr gelegen. Ilkas Arme und Beine sind von Pusteln übersät. Wenn sie eine aufkratzt, entzündet sie sich sofort.
Weihnachtsstimmung will jedenfalls nicht aufkommen. Ilka mag auch gar nicht so genau dran denken, wie das wird, Heiligabend im trauten Familienkreis in der Villa.
Ihre Aufenthaltserlaubnis muss jedenfalls verlängert werden, sonst läuft sie in vier Wochen ab, und dann muss sie abreisen, ob sie will oder nicht. Das Visum gilt nämlich nur für drei Monate.
Von Deutschland aus hat sie mit der Familie in Costa Rica

verabredet, dass die ihr danach eine dreimonatige Verlängerung besorgen. Mindestens.
»Wie kriege ich das denn hin, dass die mir das Visum verlängern?«, fragt Ilka Caridad an dem Sonntag, der in Deutschland der erste Advent wäre.
Sie kommen gerade aus der Messe, und der Pfarrer hat den Gläubigen aus dem Viertel eine heftige und, wie Ilka findet, sehr angemessene Predigt zum Thema »Mit den Armen teilen« gehalten.
Caridad zieht ihre Sonntagsschuhe aus und beschäftigt sich sehr lange mit einem Knoten im Schnürsenkel.
»Da musst du meinen Vater fragen«, sagt sie. »Ich fürchte allerdings, das wird schwierig. Ich glaube nicht, dass man dein Visum einfach verlängern kann!«
»Wieso nicht?« Ilkas Hände fangen sofort an zu zittern. Sie ist in den letzten Wochen überhaupt sehr zittrig und nervös geworden, wahrscheinlich, weil sie so stark abgenommen hat. »Ich dachte, das ist kein Problem.«
»Das ist schon ein Problem!« Caridad stellt ihre Schuhe parallel nebeneinander und mustert sie prüfend. Dann steht sie auf und trägt die Schuhe in den Flur.
Am liebsten möchte Ilka gleich zu Don Rafael rennen, aber sie beherrscht sich. Es ist besser, sie erwischt ihn allein. Umgeben von seinem Harem muss er ja immer den unnahbaren Pascha spielen.
Erst am Montagmorgen auf dem Weg zum Büro bietet sich die Gelegenheit. Don Rafael ist ganz freundlich und verspricht, er werde sich um das Visum kümmern.
Aber als Ilka mittags nach Hause kommt, wird sie von Caridad, Mariela und der Mutter am Tisch erwartet.
»Don Rafael hat angerufen«, sagt die Mutter, als Ilka gerade

die nasse Jacke auszieht. »Also, mit deinem Visum, das wird nichts. Das würde sehr viel Geld kosten.«
»Wie viel denn?« Ilka kriegt schon wieder weiche Knie. Davon war bisher noch nie die Rede.
Caridad nennt eine Summe, die etwa zwölf Monatsgehältern der Köchin entspricht.
Das ist ein Hammer. Der eigentliche Hammer aber ist, dass Ilka dem Harem nicht glaubt. Sie meint, in den Augen der Señora ein triumphierendes Glimmen zu erkennen. Und Caridad ist rot geworden.
»Da wirst du wohl doch früher nach Hause fliegen müssen«, sagt Doña Migrania.
»Das werden wir alle sehr bedauern!« Mariela, die kleine Hexe, kann sich die Schadenfreude nicht verkneifen.
Ilka spürt, dass ihr die Tränen kommen. Sie macht kehrt und geht schnell in den Patio.
Das können die doch nicht machen! Die schmeißen sie einfach raus und alles ist vorbei, bevor es noch richtig angefangen hat! Was hat sie ihnen denn getan?
Ihr Blick fällt durchs Küchenfenster auf Rosa, die energisch in einer Schüssel rührt. Klar hat sie ihnen was getan. Ein Blinder kann sehen, dass Ilka die Dienstboten sympathischer findet als den Harem. Die Eltern haben sie eingeladen, weil sie guten Umgang für ihre Töchter gesucht haben: Kultur, Fremdsprachen. Sie haben sich etwas von ihrem Gast versprochen, was Ilka nicht eingelöst hat. Nun, wo Ilka als »Kommunistin« und »Atheistin« entlarvt ist, ist das Gegenteil der Fall, nun müssen sie die Töchter vor dem schädlichen Einfluss schützen.
Ilka hört, dass Don Rafael nach Hause kommt. Eine kleine Hoffnung wächst in ihr. Der ist doch nicht gegen sie, der hält doch viel von ihr! Sie geht hinein und sieht ihn fragend an.

Aber er weicht ihrem Blick aus und verkriecht sich in sein Zimmer.
Ilka rennt in den Park, obwohl es regnet. Sie setzt sich an das nasse Denkmal und atmet tief durch. Sie ist so aufgewühlt, es ist schwierig, die Gedanken zu ordnen.
Sie will nicht nach Hause, auf gar keinen Fall! Dieser Gedanke ist am stärksten.
Erst danach kommt sie auf die Idee, sich zu wundern: Warum bloß will sie nicht nach Hause? Es wäre doch so einfach. Lange wird sie so ein Leben in der schweigenden Eiseskälte der Familie nicht aushalten. Keiner zwingt sie, hier zu bleiben und durchzuhalten. Im Gegenteil, alle wären froh, sie würde aufgeben.
Aufgeben, das ist genau das Wort! Nie im Leben! Einfach wieder einsteigen in den Zug, der die schnurgerade Strecke entlangrast, von der sie kurz abgewichen ist. Nein, Ilka hat noch nichts von dem gesehen und erlebt, was sie hierher gelockt hat. Wenn sie jetzt so gebeutelt zurückfliegt, dann wird sie sich nie wieder aus der Sicherheit ihrer Heimat hinauswagen. Erst muss die Reise eine andere Wendung bekommen, dann kann Ilka vielleicht zurückkehren.
Plötzlich fühlt sie sich wieder besser. Der Regen lässt nach, die Luft ist frisch, Vögel rufen, dieselben Vögel wie am ersten Morgen. Sie sind gar nicht bunt, hat Ilka inzwischen festgestellt. Sie sind rabenschwarz. Nur in der Sonne schillert ihr Gefieder ein bisschen blau.
Ilka ballt die Fäuste.
Bitte, wenn die sie loswerden wollen, dann sollen sie es erst einmal deutlich sagen. Von allein geht sie nicht. Von wegen kein Visum! Sie wird dafür sorgen, dass sie ihr Visum bekommt. Nächste Woche wird sie achtzehn, da kann sie die Sa-

che selbst in die Hand nehmen. Dann wird sie sich noch einen zusätzlichen Job suchen oder einen ganz anderen und so viel Geld verdienen, dass sie sich ein Zimmer in der Stadt nehmen kann!

So lange muss sie dem Harem gegenüber Ruhe bewahren.

Die Mutter soll kein Geld schicken. Sie soll am besten gar nicht wissen, was hier los ist, sonst regt sie sich nur auf, ruft an und sagt, dass Ilka nach Hause kommen soll.

Vielleicht kann Doña Cecilia helfen, obwohl auch sie aus »guter Familie« stammt. Sie mag Ilka gerne und auf die billige Hilfskraft möchte sie sicher auch nicht verzichten.

Und Klaus?

Ach, der. Der ist viel zu weit weg.

Warteschleife

Doña Cecilia macht dreimal hintereinander »Hm!«, als Ilka ihre Probleme mit dem Visum schildert.
»Ich kann mir gar nicht vorstellen, dass das so teuer ist«, sagt sie vorsichtig. »Aber wenn Don Rafael das sagt, dann wird es wohl stimmen.«
Der Harem sagt das, nicht Don Rafael, denkt Ilka.
Doña Cecilia verspricht, dass sie sich etwas überlegt.
Ilka lässt sich so heftig auf ihren Schreibtischstuhl fallen, dass er ein Stück weit rollt. Sie wird nicht nach Hause fliegen, sie wird es allen zeigen.
Von Mama kriegt sie einen dicken Brief. Die macht sich Sorgen, weil Ilkas Briefe gar nicht mehr so fröhlich klingen wie am Anfang. Außerdem schreibt sie, dass Meike sie manchmal besucht und sie beide dann über Ilkas Reise reden. Ilka schüttelt verständnislos den Kopf. Was wissen die denn, was wollen die denn reden?
Aus dem Brief liest Ilka auch heraus, dass Mama sich ein bisschen vor Weihnachten fürchtet. Sie ist noch nie über die Feiertage allein gewesen. Nach so vielen Jahren kriegt Ilka plötzlich wieder eine Wut auf ihren Vater, weil er sie und Mama einfach verlassen hat. Papa hat ihr in der ganzen Zeit seit ihrer Abreise nur einmal eine Karte von einer Geschäftsreise geschrieben. Eine Karte voller Ermahnungen, sich zu benehmen und zu gehorchen. Eine Karte für eine Sechsjährige. Dem ist sowieso egal, was aus ihr wird. Den interessiert nur noch Jens, sein neuer Sohn.

Doña Cecilia sagt zunächst nichts mehr über das Visum, aber sie nickt Ilka zu, wenn sie an ihr vorbeigeht. Sicher denkt sie sich etwas aus. Das Warten ist nervtötend. In der Villa ist es nicht auszuhalten. Ilka treibt sich immer länger in der Stadt herum. Sie streift durch die Markthalle mit ihren aufregenden Gerüchen, den knalligen Farben. Die verkaufen auch junge Papageien, gerupfte arme Wichter in viel zu engen Käfigen. Wenn Ilka Geld hätte, würde sie alle kaufen und freilassen. Hier kann man das, hier würden sie überleben.
Obst ist sehr billig. Ilka kauft sich jeden Tag eine andere Frucht. Sie will alles probieren. Allein von den Namen kriegt sie bessere Laune: Papaya, Guanabana, Maracuja, Carambola. Die Maracujas sind ein Reinfall, die kann man gar nicht roh essen, sie sind viel saurer als Zitronen. Ilka sucht auch schon Geschenke aus, für Meike, für Mama, sogar für Jens, ihren Halbbruder, obwohl sie den eigentlich nicht besonders gern hat. So ein buntes Regenwaldposter mit lauter merkwürdigen Tieren drauf wird ihm gefallen.
Einmal kauft sie ein Lotterielos, weil der Verkäufer es ihr mit einer Geste hinhält, als schenke er ihr den Himmel und die Sterne. Aber weil sie gar nicht weiß, wann die Ziehung ist, wird sie nie erfahren, ob sie die Million gewonnen hat.
Solange Ilka draußen ist, auf der Straße, unter anderen Menschen, kann sie atmen. Aber sobald sie durch das Gittertor der Villeneinfahrt kommt, legen sich Bleigewichte auf ihre Brust. Sie hat in diesem Haus nichts mehr verloren und verachtet sich dafür, dass sie es trotzdem betritt. Nur wenn Rosa sie abfängt, isst sie ihr zuliebe ein bisschen Reis.
Nachts liegt sie jetzt oft wach und kratzt sich ihre Moskitostiche blutig. Viele Stellen sind schon ganz vereitert. Keine noch so kleine Wunde heilt mehr ab in der Tropenhitze.

An irgend so einem Tag hat Ilka Geburtstag. Keiner weiß es und sie verrät es keinem. Ihr achtzehnter Geburtstag! Karten von Meike und Mama hat sie schon ein paar Tage vorher gekriegt.
Es ist ein Geburtstag ohne Glückwünsche, ohne Geschenke, aber daraus kann Ilka niemandem einen Vorwurf machen. Schließlich können die in der Familie und im Büro nicht hellsehen.
Es wird ein ganz ungewöhnlicher, trauriger und trotzdem besonders feierlicher Geburtstag. Ganz allein geht Ilka aus, trinkt in einer Saftbude nacheinander drei verschiedene Obstsäfte, starrt aus dem Fenster auf die bunte Menschenmenge und fühlt sich sehr einsam und sehr erwachsen.
Vielleicht ist das so, das Erwachsensein: so einsam.
Ilka denkt dabei an ihre Mutter.
Aber wenn schon einsam, dann wenigstens frei!
Frei ist sie jetzt, auch Don Rafael kann ihr nicht mehr sagen, was sie tun darf und was nicht.
Caridad ist natürlich auch schon längst volljährig und hört trotzdem noch auf ihren Vater. Aber das ist etwas anderes.

Endlich hat Doña Cecilia ihre Idee ausgebrütet.
»Eigentlich ist es ganz einfach«, sagt sie. »Wer aus dem Land ausreist und dann wieder einreist, bekommt automatisch wieder ein Visum für drei Monate.«
Die Idee hat aber einen Haken: Wohin soll Ilka ausreisen?
»Ich überleg mir was«, verspricht Doña Cecilia. Offenbar ist ihr persönlicher Ehrgeiz geweckt.
Diese Hilfsbereitschaft ist eigentlich erstaunlich, wo sie Ilka und die anderen, die hier arbeiten, doch so bedenkenlos ausbeutet.

Ilka schaut sich im Flur die Landkarte Mittelamerikas an. Ausreisen, einreisen. Wo soll sie hin und wie? Ihr Blick gleitet immer wieder nach Norden, nach El Salvador. Da kennt sie wenigstens jemanden.
Aber von Klaus hat sie nichts mehr gehört.

Rosas Tochter

Als Ilka an diesem Tag die Villa betritt, ist sie endlich wieder einmal besser gelaunt. Doña Cecilia wird eine Lösung finden, es wird für alles einen Ausweg geben. Sie hängt ihre Jacke an die Garderobe, geht ins Esszimmer und erschrickt: Es muss etwas Schreckliches passiert sein.

Es ist etwas passiert, und Ilka erfährt es sofort von Claudia, die mit verweinten Augen am Tisch sitzt.

»Die Rosa hat ihr krankes Kind mitgebracht!«

Die anderen Schwestern können vor lauter Schniefen gar nichts sagen.

Ilka geht in die Küche. Rosa wischt gerade den Fußboden auf.

»Was ist los?«, fragt Ilka.

Rosa erzählt, dass sie ihre behinderte Tochter mitgebracht hat, weil Rosas Mutter zum Arzt musste und niemand auf die Kleine aufpassen konnte.

»Ich hab gedacht, die bleibt bei mir in der Küche, da stört sie niemanden«, sagt sie. »Aber sie ist halt so neugierig, die arme Kleine, und wie ich nicht hingeschaut habe, ist sie losgelaufen. In so einem großen Haus ist sie ja noch nie gewesen.«

»Ja, und?«

Hat etwa die Schwestern das Schicksal der Kleinen so angerührt, sie so verstört?

Rosa wischt sich mit dem Handrücken über die Backe. »Die Señoritas haben sich erschreckt.«

Rosa musste die Kleine sofort wegbringen. Eine Nachbarin hat versprochen, ausnahmsweise nach ihr zu sehen.

Doña Migrania tobt.
»Wenn das noch einmal vorkommt, bist du entlassen! Uns eine Kranke ins Haus zu schleppen, einen Krüppel! Sofort machst du alles sauber, und zwar gründlich, mit heißem Wasser!«
Die Töchter sind immer noch weinerlich: »Maa-mi, bist du auch sicher, dass wir uns nicht angesteckt haben?«
»Man weiß ja nie!« Die Mutter bedenkt Ilka mit einem so misstrauischen Blick, als schleppe garantiert auch sie eine gefährliche Seuche ein. Wahrscheinlich sind schon ihre revolutionären Ansichten über die Ehe und das Personal so eine Seuche.
Ilka hilft Rosa beim Saubermachen. Es ist eine winzige Möglichkeit, ihrer Wut auf die Familie Luft zu machen.
»Was hat denn Ihre Tochter?«, fragt Ilka, während sie die Stühle zur Seite rückt, damit Rosa besser wischen kann.
»Als ich schwanger war, habe ich mir von einer Katze so eine Krankheit geholt.« Rosa wringt schnaufend den Putzlappen aus. »Da ist die Kleine behindert zur Welt gekommen. Aber sie ist so ein liebes Kind!«
Im Haus gibt es eine Krisensitzung, der sich diesmal auch der Vater nicht entziehen kann. Gereizt sitzt er am Tisch, nimmt seine Brille ab und wischt sich über die Augen, während ihm der Fall präsentiert wird. Rosa soll nicht entlassen werden, denn wo kriegt man so schnell wieder eine Köchin her? Aber die Katze!
»Wenn die nun auch die Krankheit hat?«, jammert Mariela. »Ich will keine kleinen Idioten kriegen.«
»Ich auch nicht«, heulen Claudia und Roberta. Josefina sagt nichts. Sie sitzt nur da und kaut heftig an einem Kugelschreiber.
»Erstens seid ihr nicht schwanger!« Der Vater setzt die Brille

wieder auf und mustert seinen Harem. »Und zweitens überträgt nicht jede Katze diese Krankheit!«
»Aber vielleicht gerade diese hier! Und vielleicht haben wir die Krankheit dann für immer! Paaa-piii!«
»Ich finde, du solltest das Wohlergehen deiner Töchter und Enkel schon ernst nehmen!« Doña Migrania stellt sich wie eine Löwenmutter vor ihren Wurf.
Ilka könnte wetten, dass Don Rafael eine Bemerkung auf der Zunge liegt, in der das Wort »hysterisch« vorkommt. Er beherrscht sich, er ist ein Gentleman.
Aber er ist auch Diplomat.
»Wir werden einen Tierarzt kommen lassen«, lautet sein Urteil. »Der soll die Katze untersuchen.«
Sein Blick fällt auf Ilka, die in schweigendem Staunen die Szene beobachtet.
»Ihr macht euch wirklich lächerlich vor eurem Gast«, fügt Don Rafael hinzu. »Was soll sie denn zu Hause von uns erzählen!«
Ilka spürt, dass sie rot wird. Im Geist hat sie die Geschichte tatsächlich schon für den nächsten Meike-Brief ausformuliert. Vor Meike spielt sie schon lang nicht mehr den dankbaren Gast.

Ein Anruf aus Hollywood

»Ilka, Telefon!«
Ilka glaubt sich verhört zu haben.
Wer ruft im goldenen Käfig für sie an? Die Mutter? Ist was passiert? Bevor sie noch ihre Gedanken sortiert hat, hält sie schon den Hörer in der Hand.
»Hallo? Hier ist Klaus.«
»Wo bist du?« Ilkas Frage kommt wie aus der Pistole geschossen. Einen Moment lang hat sie die Vision, dass Klaus nur hundert Meter entfernt in einer Telefonzelle steht, dass er gleich an der Tür klingeln wird und sie mitnimmt.
»In San Salvador.«
Ilka schluckt ihre Enttäuschung hinunter.
»Wie geht's dir?«
Vor ihrem geistigen Auge sieht Ilka sieben Paar gespitzte Ohren in verschiedenen Winkeln des Hauses. Wie viel Deutsch Caridad wohl versteht? Ilka muss vorsichtig sein.
»Nichts Neues«, sagt sie.
»Noch kein Visum?«
»Nein.«
»Willst du herkommen?«
Ilka bleibt die Luft weg. »Weiß nicht«, stottert sie und könnte sich gleich ohrfeigen. Was heißt hier »weiß nicht«! Klar, ja, sofort!
»Möchte ich gern!«, korrigiert sie.
Caridad geht, konzentriert auf eine Zeitung starrend, durch den Raum.

»An Weihnachten?«
»Geht das?« Ilka kann es nicht so recht glauben. So was passiert nicht wirklich. Wo steht das weiße Pferd?
»Ich schreib dir Näheres. Ich hab eine neue Adresse. Warte auf meinen Brief, dann rufst du unter der neuen Nummer an.«
Ilka nickt, aber das kann er ja nicht sehen. »Mach ich.«
»Geht's dir gut?« Allmählich wird er wohl misstrauisch, weil sie so kurz angebunden ist.
»Jetzt besser!« Sie schafft es zu lachen.
»Machen sie dich fertig?«
»Ziemlich.«
»Ich werf den Brief gleich ein.«
Das ist doch alles nur wieder der Film, ziemlich kitschig jetzt, mit rotem Sonnenuntergang. Und als es in der Leitung klickt, hört Ilka deutlich ein lang gezogenes Mundharmonikasolo verklingen.
Verklärt legt Ilka auf. Sie kann ihr glückliches Grinsen auch vor Caridad nicht verbergen.
»Und?«, fragt die. Vor lauter Neugier hat sie vergessen, dass sie nicht mehr mit Ilka spricht.
»Ach, nichts!«
Der erzählt Ilka nichts mehr. Lieber schreibt sie einen Brief an Meike. Allerdings ist das auch schon nicht mehr so einfach wie zu Beginn. Immer wieder hat Ilka angefangene Briefe zusammengeknüllt und weggeworfen. Wie soll Meike verstehen, wovon Ilka spricht? Wie soll sie sich das alles vorstellen? Für sie sind doch Ilkas Schilderungen nur so etwas wie ein Abenteuerroman. Außerdem ist sie derzeit mit einer eigenen großen Liebe beschäftigt, da denkt sie wahrscheinlich gar nicht mehr an Ilka. Mit Liebesgeschichten kennt sich Meike jedenfalls aus. Die weiß, was es bedeutet, wenn der Held anruft.

Wie lange braucht ein Brief von El Salvador nach Costa Rica? Ilka stellt sich einen Maulesel vor mit zwei Posttaschen über dem Rücken, wie er die Kordilleren erklimmt, vor Giftschlangen scheut, an tiefen Schluchten entlangbalanciert, mit angelegten Ohren duldet, dass Grenzbeamte seine Satteltaschen durchwühlen.
Das ist natürlich Quatsch, so ein Brief kommt mit dem Flugzeug. Wenn er kommt. Dieser hier kommt lange nicht. Vielleicht ist er verloren gegangen, ins Meer gefallen, wegen der bunten Briefmarke von einem sammelwütigen Briefträger unterschlagen worden.
Währenddessen verrinnt die Zeit. Das Visum läuft aus wie die obere Hälfte einer Eieruhr. Ilka muss die Eieruhr umdrehen, so schnell es geht. Sie gibt auf. Wenn Klaus sich nicht meldet – Verräter! –, dann muss eine andere Lösung her. Nachlaufen wird sie ihm bestimmt nicht. Wahrscheinlich bereut er es schon, sie eingeladen zu haben. So wie der Harem längst bereut, sie eingeladen zu haben. Ilka braucht eine andere Idee. Ein anderes Land.

Anstelle des Filmhelden kommt ihr jetzt doch ihre Chefin zu Hilfe. Die ist zwar nicht so attraktiv und hat auch kein weißes Pferd, aber dafür eine Tante, die mit einer Reisegruppe nach Panama fahren möchte.
»Ich rufe Don Rafael an«, sagt Doña Cecilia. »Ich sage ihm, du kannst meine Tante begleiten. Dann hast du gleich eine Anstandsdame.«
Ilka klimpert verblüfft mit den Augenwimpern. Eine Verschwörung gegen Don Rafael! Das hat sie Doña Cecilia nicht zugetraut!
Da geraten der Harem und sein Chef in arge Verlegenheit.

»Ich kann das unmöglich erlauben!«, sagt Don Rafael. »Diese Verantwortung kann ich nicht übernehmen. Unmöglich.«
Die Señora lässt nur triumphierend ihre Brillengläser funkeln.
»Ich bin ja jetzt schon achtzehn«, sagt Ilka. Das hat wahrscheinlich noch keines der Familienmitglieder bemerkt.
Auf diese Enthüllung reagiert Don Rafael überhaupt nicht. Er überlegt. Im Raum herrscht so eine Spannung, dass alle zusammenzucken, als es in der Küche laut scheppert.
»Diese ungeschickte Kuh von einer Köchin zerschlägt mein ganzes Geschirr!« Die Señora schließt gequält die Augen.
»Unterschreibst du mir, dass du uns aller Verantwortung enthebst?«, fragt Don Rafael.
Ilka nickt. »Klar!« Wenn es nur darum geht, bitte, das kann er haben.
»Also gut.« Don Rafael steht auf. »Aber nur, weil Doña Cecilia eine sehr gute Freundin von uns ist und wir volles Vertrauen zu ihr haben.«
Doña Migrania starrt ihn empört an, möchte offenbar etwas sagen, aber er nimmt seine Zeitung wie ein Ritter seinen Schild und verzieht sich in sein Arbeitszimmer.
Ilka kann ihren Triumph kaum verbergen. Sie steht auf und geht zu Rosa, die jetzt mit Wendy auf dem Arm auf der Türschwelle zum Patio sitzt.
»Der Tierarzt ist da gewesen«, sagt Rosa. »Die Katze ist völlig gesund. Das ist gar nicht gefährlich für die Señoritas.«
»Dann ist es ja gut.« Ilka atmet auf. Das hätte noch gefehlt, dass die jetzt über die Katze herfallen.
»Aber die Señoritas haben gesagt, sie fassen die Katze trotzdem nicht mehr an.« Rosa setzt Wendy auf den Boden. »Und Señorita Mariela will auch nichts mehr von dem essen, was ich koche. Sie sagt, ich wasche mir nicht die Hände.«

»Don Rafael wird ihnen schon klarmachen, dass das Unsinn ist!« Da ist Ilka ehrlich zuversichtlich. Der Vater ist anders, der behält einen klaren Kopf, der lässt sich nicht von seinen Weibern verrückt machen!

»Ich geh wieder rein«, sagt Rosa. »Mir ist kalt.«

Ilka lacht. Rosa ist es ständig zu kalt. Das liegt daran, dass sie aus Guanacaste kommt, da ist es knackeheiß, viel heißer als hier im Hochland.

»Sie müssen mal in meine Heimat fahren, *Amor*«, sagt Rosa. »Da wird es Ihnen gefallen.«

Ilka ist überzeugt davon, dass ihr Guanacaste gefallen würde. Da sind die einsamen Strände, an denen die Meeresschildkröten ihre Eier ablegen. Und es gibt richtige Cowboys und auch einzelne Indianerdörfer.

»Wenn Sie wollen«, Rosa schaut Ilka scheu von der Seite her an, »nehme ich Sie gerne mal mit zu meiner Familie. Das sind aber sehr bescheidene Leute«, setzt sie schnell noch hinzu und lässt ihren Blick in die Tiefe des Hauses wandern.

Ilka strahlt. »Die würde ich gerne kennen lernen!«

»Und meine Kinder«, jetzt strafft sich Rosa wieder, »meine Kinder sind sehr gut erzogen und sehr bescheiden. Wir haben nicht viel, aber meine Kinder, die sind immer freundlich und hilfsbereit!«

Der Vergleich mit den »Señoritas« bleibt unausgesprochen, aber Ilka kann ihn sich dazudenken. Die Schwestern waren von Anfang an gemein zu Rosa, allen voran Mariela. Die spioniert Rosa dauernd nach und stellt ihr kleine Fallen, um sie dann bei der Mutter zu verpetzen.

Rosa verschwindet in der Küche. Wendy scharrt unter den Hortensienbüschen, die Doña Migrania so innig liebt.

Ilka setzt sich auf einen Gartenstuhl und sieht ihr zu.

Über den Todespass

Ilka packt eine Tasche. Sie kann es kaum glauben, dass sie den Harem verlässt – wenn auch nur für ein paar Tage. Sie wird zwei Tage lang mit dem Bus unterwegs sein, durch halb Costa Rica, durch halb Panama. Sie wird den berühmten Kanal sehen und, nicht zu vergessen, den Pazifik. Sie wird überhaupt jede Menge Neues sehen, jetzt endlich!

Doña Cecilias Tante, das weiß Ilka inzwischen, ist eine sehr alte Dame. Ilka hat sie noch nicht kennen gelernt, aber seit sie weiß, dass sie nicht in einem Zimmer mit ihr schlafen oder sich sonst irgendwie um sie kümmern muss, ist sie beruhigt. Das wäre ja noch schöner, schon wieder jemand, der sie an die Leine nimmt!

»Den Anstandswauwau brauchst du nur für Don Rafael!«, hat Doña Cecilia gesagt. »Ich glaube doch, dass du selbst auf dich aufpassen kannst.«

Der Bus soll mitten in der Nacht fahren. Ilka nimmt ein Taxi zum Reisebüro. Als sich das Gartentor der Villa hinter ihr schließt und der Taxifahrer die Wagentür aufhält, wird ihr doch ein bisschen mulmig. Die Nacht ist schwarz, der Taxifahrer düster, er könnte sie irgendwo aussetzen, sie erdolchen, ihr die Uhr, die Kette, die Unschuld … Ilka schüttelt über sich selbst den Kopf. Das hat sie doch die ganze Zeit gewollt: hinausgehen, was erleben!

Aber als sie dann durch die hell erleuchteten Straßen rasen, hat sie plötzlich gar keine Angst mehr. Sie möchte nur noch lachen: über den Harem, über sich selbst, über den unbekannten

Anstandswauwau, über die schönen Cousins, von denen in den letzten Wochen nicht mehr die Rede war.
Nur wegen Klaus ist sie ein bisschen traurig. Er hat sie im Stich gelassen! Aber sie braucht ihn gar nicht, sie kommt auch so klar. Nicht mal eine Postkarte kann sie ihm aus Panama schreiben, sie hat ja seine neue Adresse nicht!
»Hier ist es!« Der Taxifahrer stampft so heftig auf die Bremse, dass das Wagenheck sich fast in die Luft hebt.
Ilka bezahlt, greift nach ihrer Tasche und steigt aus. Hinter der breiten Glastür des hell erleuchteten Reisebüros drängen sich Menschen. Ilka holt tief Luft und geht hinein.

So muss sich das rotgrün gestreifte Männchen vom Mars bei seinem ersten Erdspaziergang fühlen! Alle schauen sie an. Die Blicke der Frauen sind direkt und fest, die der Männer wandern von oben bis unten an ihr entlang. Am liebsten würde sie kehrtmachen und sofort wieder hinauslaufen auf die nächtliche Straße. Aber da hat der Reiseleiter sie schon entdeckt. Sie hat ihn kennen gelernt, als sie die Reise gebucht hat. Er heißt Gabriel und ist so ein ganz junger Typ, der eigentlich wie ein Student aussieht. Allerdings trägt er eine Krawatte. Dieser Krawattenstudent also stürzt jetzt so diensteifrig auf sie zu, dass er dabei über eine ungünstig abgestellte Reisetasche stolpert. Er fängt sich gerade noch und steht gleich darauf rot wie eine Tomate vor ihr.
»Da sind Sie ja«, sagt er. »Stellen Sie doch Ihre Tasche dort in die Ecke. Wenn Sie auf dieser Fahrt irgendwas brauchen, wenden Sie sich an mich.«
Ilka nickt, grinst verlegen und hält Ausschau nach einer Wand, gegen die sie sich drücken kann. Da kommt schon eine junge Frau im Jeanskleid auf sie zu, gar nicht viel älter als Ilka.

»Du bist die kleine Gringa? Gabriel hat mir von dir erzählt. Ich bin Fernanda. Wir machen uns ein paar schöne Tage, was?« Ihre Zähne blitzen. Ilka würde sich nicht wundern, wenn sie jetzt gleich gegen Fernandas kräftige Brust gedrückt würde, aber Fernanda hält sich zurück.
Sicher gehört die junge Frau zu Gabriel. Ilka entspannt sich ein wenig und mustert die anderen Reisenden. Es sind weitaus mehr Frauen als Männer, Frauen jeden Alters. Die offenbar Älteste, eine weißhaarige, runzlige Dame, starrt zu ihr herüber. Ob das Doña Cecilias Tante ist? Ilka erwidert den Blick und lächelt versuchsweise. Da winkt die Dame und tippt sich an die Brust. Ilka geht hinüber und gibt ihr die Hand. Die Tante tätschelt ihr den Kopf wie einem jungen Hund. »So, das ist also die Kleine!« Und schon wendet sie sich wieder ihren Begleiterinnen zu. Wie ein scharfer Wachhund wirkt sie nicht gerade, eher wie ein gemütlicher, etwas kurzatmiger Mops. Ilka soll es recht sein. Kontrolle kann sie gar nicht brauchen, und wenn schon ein Wachhund, dann zieht sie doch den netten jungen Reiseleiter vor.
Im Bus kriegt sie einen Platz neben einer dicken jungen Frau mit dem breitesten Lächeln, das Ilka jemals gesehen hat. Die Frau heißt Wilma. Noch bevor der Bus losgefahren ist, hat sie Ilka erzählt, dass sie ihren Mann mit den vier kleinen Kindern einfach seinem Schicksal überlassen hat.
»Da kann er mal sehen, was ich leiste!« Sie lacht. »Der macht sich doch überhaupt keine Vorstellung davon!« Dann wird sie wieder ernst und seufzt: »Die armen Kinder!«
Und schon fährt der Bus in die Nacht.
Ja, schade, dass er nachts fährt, so kann Ilka schon wieder nicht viel sehen. Eigentlich wird von ihr ja auch erwartet, dass sie schläft, aber das ist zu viel verlangt, jetzt, wo sie von der Kette

ist. Sie wendet den Kopf. Hinter ihnen liegt das Lichtermeer der Hauptstadt, bunt flimmernd, wie damals, als sie am Flughafen angekommen ist. So wie sie es wieder sehen wird, wenn sie nach Hause fliegt. Aber sie fliegt nicht nach Hause, noch lange nicht, jetzt geht es überhaupt erst richtig los! Der Bus schraubt sich hoch in die Berge.
»Hast du einen dicken Pulli dabei?«, fragt Wilma.
Ilka nickt. Das hat ihr jeder gesagt, der von ihrer Reise hörte: »Einen dicken Pulli musst du mitnehmen!« Nicht etwa, weil es in Panama so kalt wäre, sondern weil die Fahrt gleich hinter San José über einen dreieinhalbtausend Meter hohen Pass führt, den *Cerro de la Muerte.*
»Der heißt so, *Todespass,* weil da früher viele Siedler erfroren sind«, erklärt Wilma, während sie ihre üppigen Formen in einen handgestrickten, wohl schon etwas eingelaufenen, leuchtend blauen Pulli zwängt.
Dunkel ist es hier! So eine schwarze Nacht hat Ilka noch nie gesehen. Ein bisschen unheimlich ist es schon, besonders, als im Licht der Busscheinwerfer dicke Nebelfetzen wallen und sich wie Opernkostüme um die Stämme merkwürdig verkrüppelter Bäume legen. Jeder dieser Bäume sieht aus wie ein Gespenst, und falls hier in früheren Zeiten tatsächlich Siedler unterwegs waren, ist ihnen bestimmt zu jedem einzelnen von ihnen eine Gruselgeschichte eingefallen. Erst allmählich versteht Ilka, wie die merkwürdigen Gestalten sich zusammensetzen: Die Bäume haben ihre wenigen Äste ganz eng an den Stamm gezogen, und diese Äste sind außerdem dicht mit Schmarotzerpflanzen bewachsen. Sie bilden ganze Knäuel, die wie Köpfe, Nasen oder Buckel wirken.
»Willst du nicht schlafen?«, murmelt Wilma.
Ilka schüttelt den Kopf.

»Man sieht aber doch gar nichts.«
»Ach, so ein bisschen sieht man schon.«
Wilma lacht, legt ihre Handtasche als Kopfkissen unter und schließt die Augen.
Ilka ist nicht müde. Sie ist jetzt endlich Ilka von Humboldt, die Entdeckungsreisende, die jedes Detail ihrer Umgebung im Kopf notiert, Bilder und Vergleiche sucht. Sie würde ja einen Livebericht an Meike schreiben, aber im Bus ist es so dunkel, und außerdem würde es ihr wegen der vielen steilen Kurven wahrscheinlich kotzübel. Ilkas Bauch ist auf einmal ganz weich und warm, und in ihrer Kehle juckt es die ganze Zeit, als sei dort seit langem ein übermütiges Gelächter festgefroren und taue allmählich auf. Der Harem, der goldene Käfig, das ist schon weit weg. Schon jetzt kann sich Ilka nicht vorstellen, jemals dorthin zurückzukehren.
Die Nacht ist lang, der Dieselmotor dröhnt, es wird wirklich lausekalt. Dann geht es wieder bergab. Weil kein Klo an Bord ist, muss der Bus an einem Rasthof anhalten. Der besteht aus einem hohen Palmdach, darunter Tische und Stühle. An der Selbstbedienungstheke gibt es das Wesentliche: Reis mit schwarzen Bohnen und Kaffee.
Die Rastplatztoiletten liegen hinter einer Art Saloontüren. Die Frauen in der Warteschlange haben freien Blick auf Oberkörper, Kopf und Füße derjenigen, die gerade drin beschäftigt ist. Aber nicht einmal das kann Ilka in so einer Nacht stören. Sie trinkt mit Wilma, Fernanda und Gabriel dünnen Kaffee und wird davon betrunken wie von einem Glas Sekt.

Um fünf Uhr morgens biegt der Bus auf einen Platz vor ein paar Häusern mit Holzveranda ein. Der Motor erstirbt, die Türen klappen auf. Alle klettern verschlafen ins Freie. Ilka schnappt nach Luft: Es ist warm wie in der Badewanne. Sie hält sich zwar seit Monaten in den Tropen auf, aber das Hochland hat sie nie verlassen, und dort kühlt es nachts so deutlich ab, dass man eine dünne Jacke brauchen kann. Das Einzige, was man hier unten auf Meereshöhe bräuchte, ist ein Ventilator, und das, obwohl sich erst ein fahlgelber Schimmer am Horizont zeigt. Die Schöpfe hoher Palmen zeichnen schwarze Schatten in das Morgenlicht. Ein Dutzend weißer Kuhreiher rudert gelassen über den Himmel.

»Das ist die Grenze.« Fernanda zeigt auf ein paar Häuschen weiter unten.

»Und warum fahren wir nicht rüber?«

»Die haben noch nicht auf.«

Dies ist eine Grenze mit Öffnungszeiten wie ein Supermarkt, erfährt Ilka. Es wird noch eine ganze Weile dauern, bis die Grenzbeamten mit der Abfertigung der über Nacht eingetroffenen Reisenden beginnen. Vorerst gibt es Kaffee und ein typisches Frühstück: Reis und schwarze Bohnen.

Ein Zimmer mit Klimaanlage

Als schließlich ein gähnender Zöllner den ersten Wagen herangewunken hat, zieht sich die Sache immer noch hin. Die Reisegruppe aus San José muss jetzt im Bus warten. Die Zöllner sammeln die Pässe ein und lassen die Fahrgäste dann in der rasch aufsteigenden Sonne schmoren. Als die Sonne senkrecht steht, ziehen sich die Beamten zur wohlverdienten Siesta zurück. Erst um zwei soll es weitergehen. Ilka und die anderen Fahrgäste schwitzen im Bus. Draußen spazieren Händler auf und ab, die Geldbündel schwenken: »Dollars, Dollars!« Solange die Zollbeamten Siesta halten, ist so ein Schwarztausch wohl kein Problem.
Ilka erzählt, dass an der Grenze zwischen Deutschland und Frankreich gar keine Zöllner mehr stehen, dass man einfach durchfahren kann. Wilma zieht eine Bürste durch ihren dicken Haarschopf und macht nur ausweichend: »Hmm.« Ilka kommen plötzlich Zweifel, ob Wilma Deutschland und Frankreich überhaupt auf der Weltkarte finden würde. Zuerst scheint ihr das abwegig: Das muss doch jeder wissen, wo Deutschland liegt! Aber dann fällt ihr ein, wie sie selbst im Atlas nachgeschlagen hat, wo Costa Rica liegt. Die meisten Leute, denen sie von ihrer Reise erzählt hat, haben es nicht gewusst, haben Costa Rica für eine Insel in der Karibik gehalten.
Für die Menschen hier ist eben Deutschland genauso weit weg wie umgekehrt.
Endlich geht es weiter. Ilka wird wieder munter: Jetzt gibt es gleich was zu sehen. In den Sitzreihen vor und hinter ihr ziehen

die Fahrgäste Rollos vor die Fenster, damit die Sonne nicht eindringen kann, aber Ilka sperrt sich dagegen, und Wilma, die über Ilkas Neugier ständig lachen muss, findet sich mit dem heißen Sitzplatz ab.

Steppenhügel, auf denen bucklige, langohrige Zeburinder weiden, erstrecken sich bis zum Horizont. Von Zeit zu Zeit ragen eine einzelne Palme, ein einsamer Baumriese in den Himmel, an dem sich schwarze Wolken zusammenballen. Vor einem Regenbogen fliegen Schwärme weißer Reiher. Einmal flattert eine Schar Geier von einem Kuhkadaver auf. Entsetzlicher Gestank erfüllt den Bus, schnell werden alle Fenster hochgeschoben. Immer wieder steht am Straßenrand ein Häuschen, stets mit einem gesattelten Pferd davor. Ab und zu begegnen dem Bus jetzt auch Reiter, richtige Cowboys, findet Ilka, und Frauen in bunten Schürzen, die zum Schutz gegen die Sonne Regenschirme aufgespannt haben. Ilka fotografiert aus dem Busfenster, aber das starrt vor Dreck, wahrscheinlich kann man später auf den Fotos gar nichts erkennen.

Es ist schon längst wieder dunkel, als sie sich den Lichtern von Panama City nähern. Nach der langen Strecke über die Landstraße stürzt sich der Bus nun wieder in dichtes Verkehrsgetümmel und hält wenig später vor dem Hotel.

Ilka kriegt ein Einzelzimmer, das ist Sonderbehandlung für kleine Gringas. Alle anderen müssen sich Doppelzimmer teilen.

Ilka wirft ihre Sachen aufs Bett. Heiß ist es hier drin!

»Das Zimmer hat Klimaanlage«, sagt der Hotelboy, der mit hineingekommen ist, und wirft einen Schalter an. Was er noch sagt, geht im Poltern und Dröhnen der Klimaanlage unter.

Ilka scheucht ihn hinaus, wirft sich aufs Bett, schaltet den

Fernseher ein, drückt alle Programme durch. Die Antenne ist abgebrochen, sie erkennt nicht viel, und die Klimaanlage rattert so laut, dass sie kein Wort versteht, aber das macht nichts. Ihr Zimmer, ganz allein ihres! Sie streckt sich aus und schließt die Augen.

Dann rafft sie sich noch einmal auf, schlüpft aus ihren staub- und schweißstarren Kleidern und geht unter die Dusche.

Im Laufe dieser Nacht duscht Ilka noch viermal. Mit dem Lärm der Klimaanlage kann sie nicht schlafen, ohne Klimaanlage kann sie vor Hitze nicht schlafen. Als der Morgen dämmert, rückt sie sich einen Stuhl ans Fenster und betrachtet das schimmernde Meer. Weiße Schiffe ruhen wie dicke Seevögel auf ihren Bäuchen im Wasser. Ilka nimmt einen Bogen Hotelbriefpapier und schreibt an Meike: »Liebe Meike, jetzt sehe ich den Pazifik!«

Geschlafen hat sie insgesamt höchstens zwei Stunden, als ihre Uhr Frühstückszeit anzeigt. Essen kann sie nichts, nur Orangensaft und Kaffee will sie haben.

Anakondas und Markenhemden

Gleich am ersten Vormittag kapiert Ilka, was die Reisegruppe aus San José vorhat: einkaufen, um daheim weiterzuverkaufen. Viele Waren sind hier billiger als in Costa Rica, viele Artikel auch in Costa Rica überhaupt nicht zu bekommen. Weil Panamas Währung, der Balboa, immer gleich viel wert ist wie der amerikanische Dollar, kann das Land viele Luxusgüter importieren.

»Ich hab mich schon gewundert, warum alle so riesige Taschen dabeihaben!« Ilka lacht, während sie sich neben Fernanda durch eine belebte Geschäftsstraße drängelt.

»Ich verkauf T-Shirts in der Nachbarschaft«, sagt Wilma, die hinter ihnen hersaust und versucht, nicht den Anschluss zu verpassen. Sie kichert. »Dagegen kann mein Mann nichts sagen. Was ich dafür kriege, ist mehr, als er in zwei Monaten verdient.«

»Ich nehm diesmal nur Turnschuhe.« Fernanda greift nach einem Markenschuh, betrachtet ihn von allen Seiten und legt ihn zurück.

Vor den Geschäftseingängen stehen Animateure, klatschen in die Hände und preisen die supergünstige Ware an. »Sonderangebote, überall Sonderangebote! Kommen Sie, sehen Sie!«

Ilka geht wie auf Watte. Die Geschäfte, die Bars sind klimatisiert, aber auf den Straßen liegt die Hitze wie eine im Fieber durchgeschwitzte Daunendecke. Ilka entdeckt einen schwarzhäutigen Nikolaus in voller Montur – Mantel, Mütze, Bart –,

der Weihnachtsbäume verkauft. Der kriegt bestimmt in wenigen Stunden einen Hitzschlag.
Panama City ist schneller, schmutziger, höher, wilder als San José. Ilka bemüht sich krampfhaft, die anderen nicht zu verlieren. So wird sie, ohne selbst irgendetwas kaufen zu wollen, durch alle Klamottenläden des Stadtzentrums gezerrt.
Am zweiten Abend gibt es einen Begrüßungscocktail mit Salsamusik in der Hotelbar. Ilka stellt fest, dass ein Glas Cuba Libre – Rum mit Cola – ganz erfrischend wirken kann. Sie hat heute nur ein halbes Sandwich gegessen, und durch den Alkohol fühlt sie sich ganz leicht, als könne der geringste Windstoß sie davonwehen. Aber hier gibt es keinen Windstoß, nichts rührt sich, und die Geier gleiten auf der dicken Luft dahin wie auf Gelatine.
Gabriel und Fernanda haben Ilka adoptiert.
Ilka ist selbst überrascht, wie gut sie schon Spanisch kann. Sie hat doch in den letzten Wochen gar nicht viel gesagt, nur viel zugehört und viel gelesen. Mit Rum geht es besonders flüssig. Und kichern kann sie plötzlich wieder. Seit sie in Costa Rica ist, hat sie mit niemandem richtig gekichert. Ihre Mundwinkel fühlen sich schon ganz steif an. Jetzt kann sie sich gar nicht mehr beruhigen. Sie lacht und lacht, und Fernanda lacht mit ohne zu wissen, warum. Dann nimmt sie Ilka in den Arm.
»Du bist vielleicht eine Nummer!«, sagt sie.
Ilka zuckt zusammen, als sie Fernandas Arme spürt. Sie hört auf zu lachen und wird ganz steif. Fernanda lässt sie schnell los.
»Hast du Angst vor mir?«
»Ich bin das nicht gewohnt.« Ilka ist verlegen.
»Ach, diese steifen Gringos!« Fernanda lacht sie aus und sieht Gabriel an.

»Tanzen wir?« Gabriel steht auf, die beiden gehen in Richtung Tanzfläche. Ilka sieht ihnen nach.
»Darf ich bitten?«
Ilka blinzelt. Vor ihr steht ein kleiner, dicker Mann, der sich die Haare dick mit Pomade eingeschmiert hat. Er verbeugt sich und sieht Ilka tief in die Augen.
Ilka schaut Hilfe suchend zu Wilma.
»Ja, geh nur, amüsier dich!« Wilma grinst.
Also lässt sich Ilka von ihrem Kavalier auf die Tanzfläche schieben. Er packt sie um die Taille, greift ihre Hand und schaukelt los. Ilka ist zunächst ganz damit beschäftigt, nicht hinzufallen. Sie hat noch nie Salsa getanzt, aber der Rhythmus, die schmetternden Trompeten reißen sie bald mit. Fernandas Gesicht fliegt an ihr vorbei, sie lacht. Derweil kollert das Männchen Ilka charmante Konversation ins Ohr.
»Woher kommen Sie, wenn man fragen darf? Deutschland? Das muss ein wunderbares Land sein. Nicht so schmutzig wie hier. Darf man erfahren, wie es eine so schöne junge Frau allein nach Panama verschlagen hat? Wohnen Sie etwa auch in diesem Hotel?«
Ilka grunzt ihre Antworten nur, denn sie ist ganz auf den rechten Arm des Männchens konzentriert, der sich enger und enger um ihre Taille schlingt. Sie versucht gegenzuhalten, hat aber keine Chance. Wie eine Würgeschlange presst ihr Tänzer sie an sich, entschlossenes Funkeln in den schmachtenden Augen. Fehlt nur, dass er sie bezüngelt. Ilka fühlt, wie es in ihr kocht. Am liebsten würde sie die Würgeschlange mit Schmackes auf die in schwarzweißes Lackleder gezwängten Zehen treten.
Da ist der Tanz zu Ende. Die Würgeschlange zögert noch einen Moment, aber gerade als Ilka fest entschlossen ist, doch noch zuzutreten, lockert sie ihren Griff und verbeugt sich wieder.

»Es war mir eine unendlich große Ehre«, kollert das Männchen. »Und, wie gesagt, ich wohne auch in diesem Hotel, Zimmer siebenhundertdreizehn … darf man fragen …?«
Ilka sinkt verschwitzt und wütend auf ihren Stuhl und nimmt einen kräftigen Schluck.
»Und?« Wilma, Gabriel und Fernanda grinsen von einem Ohr zum anderen. Ilka sucht nach dem spanischen Wort für Würgeschlange.
»Eine Anakonda!«, ist das Einzige, was ihr einfällt. Der Erfolg ist verblüffend. Wilma und Fernanda fallen vor Lachen fast von ihren Stühlen.
Gabriel wird wieder ein bisschen rot.
»Ich muss mich um die anderen Damen kümmern.«
Er verschwindet in Richtung Nachbartisch, um eine seiner Kundinnen zum Tanzen aufzufordern. Die Damen schmachten schon seit längerer Zeit herüber. Als die Musik einsetzt, sieht sich Ilka panisch nach der Anakonda um.
»Dahinten kommt er!« Wilma kichert. »Er steuert genau auf dich zu!«
»Ich muss aufs Klo!« Ilka springt so schnell auf, dass sie fast die Gläser umreißt, und schießt an der Anakonda vorbei. Die zuckt erschreckt zurück. Kaum hat sie sich erholt, bezüngelt sie eine etwas mollige junge Frau, die verloren gegen die Wand gelehnt am Rande steht.
Auf der Toilette schaut Ilka so neugierig in den Spiegel, als hätte sie sich seit langer Zeit nicht gesehen. Ein ganz schmales, trauriges Gesicht hat sie bekommen. Aber wie sie vor der Reise ausgesehen hat, daran kann sie sich gar nicht mehr so recht erinnern. Jünger bestimmt. Irgendwie anders jedenfalls. Ilka schaut und schaut und muss plötzlich lächeln.
Da draußen sitzen ihre ersten Freunde, die sie auf ihrer Reise

gefunden hat. Und sie fahren wieder mit ihr zurück. Die fliegen nicht nach El Salvador, die sind noch da, wenn Ilka wieder ins Villenviertel zurückkehrt.

Zehn blauweiße Windjacken

Am nächsten Morgen hat Fernanda eine ganz merkwürdige Hautfarbe: olivgrün mit blauen Schatten unter den Augen.
»Schlechten Rum haben die im Hotel.« Sie blinzelt in die Sonne.
»Du hast ja auch kaum geschlafen«, sagt Gabriel.
Fernanda legt sich die Hand auf die Stirn und stöhnt. Ilka denkt an Doña Migrania und muss schon wieder kichern.
Heute steht eine Busfahrt auf dem Programm, die am Panamakanal entlang bis zur Karibikküste führen soll.
Gabriel hat das einfach so gesagt, als sei das nichts Besonderes, die Karibikküste. Durch Ilkas Kopf wirbeln all die Bilder von Palmen und Stränden und türkisblauem Meer, die sie mit dem Begriff »Karibik« verbindet. Sie kuschelt sich glücklich in ihren Sitz. Seit Tagen hat sie kaum geschlafen, kaum gegessen, sie ist im Rausch, sie saugt alles auf, was um sie herum geschieht. Das Villenviertel, der Harem sind ganz weit in die Ferne gerückt. An Deutschland kann sich Ilka überhaupt nicht mehr erinnern, nur ein Grauschleier ist da, wo die Bilder sein sollten. Auf der Welt gibt es nur noch diesen Bus, diese vierzig Menschen, diese Straße, diesen einen Tag.
Das ist jetzt wie im Traum vom Fliegen: Ilka müsste nur aus dem Busfenster klettern und im Fahrtwind mitschweben, einen Meter über dem Bus und noch höher oder voraus, kreisend über den Sümpfen, den Seen.
Gegen den Wind könnte sie allerdings heute nicht fliegen. Dazu ist sie viel zu müde.

»Du redest aber wenig!«, sagt Fernanda.
»Mit mir hat lange keiner geredet.«
»Wieso das denn?« Fernanda steckt sich eine Zigarette an. Plötzlich sieht Ilka Doña Migrania und Caridad vor sich, die beiden starren entsetzt auf die Zigarette in der Hand der jungen Frau. Caridad bekreuzigt sich, die Mutter kriegt auf Anhieb ihre Monstermigräne und muss alle ihre Freundinnen anrufen. Ilka lacht, dass ihr die Tränen herunterlaufen, und als sie sich beruhigt hat, fängt sie an zu erzählen. Sie beschreibt die Tischszenen mit dem Silberglöckchen, die Spaziergänge rund um den Park, die Hackordnung unter den Töchtern, und nun ist es Fernanda, die lacht und lacht und sich gar nicht wieder fängt. Als sie endlich wieder Luft kriegt, sieht sie Ilka in die Augen: »Wie hältst du das aus?«
»Ich halte das ja nicht aus!« Ilka grinst. Von hier aus kommt ihr das Familienleben im Villenviertel eher wie eine Filmkomödie vor.
»Na, jetzt hast du ja uns!« Fernanda kramt in ihrer Handtasche. »Gibst du mir mal einen Zettel?«
Ilka reißt ein Blatt aus ihrem Notizblock. Fernanda schreibt in großen, geschwungenen Zahlen ihre Telefonnummer auf, dann reicht sie den Zettel an Wilma weiter. Ilka faltet das Blatt mit den zwei Nummern zusammen und steckt es in ihren Brustbeutel zum Pass und zu den letzten Dollars, die sie noch besitzt. Wie ein Amulett liegt der Brustbeutel warm und beruhigend auf ihrer Haut.
Ilka macht ein paar Fotos vom Kanal, von den Schleusen, die überraschend klein wirken, dabei passen doch Riesen hindurch, Schiffe wie Hochhäuser.
Auf der Weiterfahrt stimmen Wilma und Fernanda, die sich endgültig von ihrem Kater erholt hat, ein Lied an. Im Nu sin-

gen alle mit. Der Text ist einfach, Ilka hat den Refrain schnell gelernt.

Ob ich Geld habe oder nicht,
ich tue nur, was ich will,
mein Wort ist mein Gesetz.
Ich habe keinen Thron und keine Königin
und keinen Menschen, der mich versteht,
aber trotzdem: Ich bin der König!

Als sie sich, immer noch singend und lachend wie eine rheinische Karnevalsgesellschaft, der Karibik nähern, bricht der Regen los. Die Ortschaften entlang der Landstraße wirken hinter dem Regenvorhang schmutzig und ärmlich. Die aus Brettern zusammengenagelten Hütten stehen auf Stelzen im schwarzen Schlamm. Ehemals waren sie wohl bunt, aber nun ist die Farbe abgeblättert, die Holzgeländer der Veranden sind eingebrochen, magere Hunde und kleine schwarze Schweine ducken sich zwischen die Stelzen. Menschen sind keine zu sehen. Wäsche hängt zwischen zwei Hütten, wie soll sie jemals trocknen? Nur kurz taucht zwischen den Dächern ein grau wogendes Meer auf, das keinen Augenblick lang an das türkisblaue Karibikparadies aus den Reiseprospekten erinnert.
»Wir erreichen jetzt die Freihandelszone!«, ertönt Gabriels Stimme aus dem Buslautsprecher, und so erfährt Ilka, dass auch diese Fahrt keine Sightseeingtour ist. »Sie wissen, in der Freihandelszone darf nur einkaufen, wer mit dem Flugzeug einreist. Da wir über Land einreisen, dürfen wir uns nur umsehen.«
Fernandas Augen leuchten irgendwie überirdisch.
»Die haben hier alles ... Parfums, Handtaschen, Stereoanlagen, Turnschuhe ...«

»Na und?« Ilka zuckt mit den Achseln. Die Freihandelszone sieht von außen wie ein deutsches Gewerbegebiet aus. Dann doch lieber ein Regenspaziergang am Meer. Dies ist die Karibik, auch wenn es erst einmal nicht so aussieht! »Wir dürfen doch sowieso nichts kaufen.«
»Na, mal sehen …« Fernanda schleift Ilka mit. Ihr ist anzusehen, dass sie sich das Gehirn zermartert. Sicherlich kommen da drin Überlegungen vor wie die, sich mit dem Fallschirm über der Freihandelszone abwerfen zu lassen.
Am Eingang müssen sich alle auf eine Liste eintragen lassen. Dann liegt der Weg ins Warenparadies offen vor ihnen.
Der Boden ist aufgeweicht, an manchen Stellen steht das Regenwasser knöcheltief. Fernanda stöckelt auf ihren hohen Absätzen so sicher durch den Schlamm, als bewege sie sich durch die Glitzerwelt eines New Yorker Shoppingcenters.
Hinter der ersten Tür befindet sich eine Parfümerie. Ein junger Mann steht davor und lockt die Kunden mit gurrenden Lauten, die auf Fernanda offenbar eine hypnotische Wirkung ausüben.
»Wie wäre es, Señorita? Wir haben alles …«
»Wir sind über Land eingereist!«, sagt Fernanda und starrt auf die Ladentür, als besäße sie eine Röntgenbrille.
»Ach, kein Problem!« Der junge Mann winkt ab. »Stecken Sie das Parfum einfach in Ihre Handtasche. Soll Ihnen erst einmal einer beweisen, dass sie es nicht schon mit hereingebracht haben!«
Sekundenbruchteile später ist Fernanda im Laden verschwunden.
Es ist ganz leicht, in der Zone einzukaufen. Man muss eben alles, was man kauft, gleich anziehen oder in die Handtasche stecken.
Ilka teilt das Interesse für westliche Markenprodukte nicht,

aber sie genießt das Schauspiel in der Freihandelszone wie eine groteske Komödie. Ihre Mitreisenden irren mit entrückten Blicken durch die schlammigen Gassen, die von einer Verkaufsbude zur nächsten führen. Hier und da steht verlassen ein Paar alte Schuhe im Regen.

Da stürzt der Vater der mitreisenden Großfamilie auf Ilka zu. Unter dem Arm trägt er ein Bündel blauweiß gescheckter Windjacken. Jedem seiner fünf Kinder händigt er eine aus. Als er selbst und seine Frau auch noch jeweils eine angezogen haben, sind immer noch welche übrig. Der Vater sieht sich um, sein Blick fällt auf Ilka, er strahlt.

»Ziehen Sie noch eine an!« Er hält ihr eine Jacke hin.

Ilka wird es ganz heiß vor Schreck. Eigentlich hat sie keine Lust, sich in diesen fröhlichen Schmuggel verwickeln zu lassen. Das fehlte noch, dass sie in einem panamesischen Kerker landet. Die Familie aus dem Villenviertel bezahlt sicher keinen Colón Kaution für sie. Die werden es einfach achselzuckend als Strafe für ihr unchristliches Leben werten, wenn sie hier verrottet.

Aber wie soll sie ablehnen, wo er sie so begeistert anschaut? Resigniert zieht sie die Jacke über. Die ist ihr natürlich auch noch zehn Nummern zu groß, wahrscheinlich ein Mitbringsel für den schwergewichtigen Großvater.

Am Ausgang hält sie Abstand zur Großfamilie. Wenn sie allein geht, fällt die Jacke vielleicht nicht so auf.

Der Zöllner mustert das gute Stück mit zusammengekniffenen Augen. »Schöne Jacke. Ist die hier gekauft?«

Ilka gelingt es, ihr Entsetzen in geheuchelte Empörung umzuwandeln. »Aber nein! Dürfte ich doch gar nicht! Wir sind doch über Land eingereist!«

Der Zöllner grinst, winkt ab. »Na, da gibt's aber doch Tricks.

Wissen Sie, Sie brauchen doch die Kleider, die Sie hier kaufen, einfach nur anzuziehen. Die Armbanduhren und Schuhe auch. Parfums und Sonnenbrillen tun Sie in Ihre Handtaschen. Da soll Ihnen erst mal einer beweisen ...«

Im Bus übergibt Ilka dem Großfamilienvater die Jacke. Ein merkwürdiges Spiel ist das, aber wenigstens sitzt sie nicht im Kerker.

Zwei Stunden nach der vereinbarten Zeit sind tatsächlich alle zurück im Bus. Es fehlt nur noch der Fahrer. Den zerrt Gabriel ganz zuletzt aus einer Kneipe, wo er gemütlich beim Mittagessen saß.

Zurück nach San José

Alle Reisetaschen sind zum Bersten gefüllt. Ilka hat für die Grenzüberquerung zurück nach Costa Rica die eine oder andere Rumflasche und eine zusätzliche Tasche mit Klamotten übernommen, weil sie selbst keine Schmuggelware mitbringt. Nach dem Erlebnis in der Freihandelszone macht sie sich keine großen Sorgen mehr.

Die Zollabfertigung dauert diesmal noch länger als bei der Einreise. Alle müssen sich mit ihrem Gepäck in der prallen Sonne aufstellen. Irgendwann wird es Ilka schwarz vor Augen. Sie sinkt in die Knie und wird von Fernanda aufgefangen. Als sie wieder klar denken kann, sitzt sie auf einem hölzernen Abfertigungstisch und Wilma steht mit einer frisch aufgeschlagenen Kokosnuss vor ihr. »Trink! Das ist gut für den Kreislauf!«

Ilka möchte am liebsten auf dem Holztisch einschlafen. Warum soll sie überhaupt nach San José zurückfahren? In einer Stunde hat sie ihr neues Visum, in vierundzwanzig Stunden sitzt sie wieder hinter den Fenstergittern.

»Geht's wieder?« Fernanda mustert sie besorgt. »Du musst aber auch wirklich mal was essen, sonst fällst du uns auseinander.«

Die Stimmung der anderen Panamatouristen ist gut. Die Zöllner haben keine Ware beschlagnahmt, nur sehr scharf hingeschaut und ein bisschen mit dem Finger gedroht.

»Weihnachten ist gerettet!« Wilma strahlt, als sie ihre dicken Taschen im Bus verstaut.

Weihnachten …
Zum ersten Mal denkt Ilka ernsthaft daran, nach Hause zu fliegen. Es muss die Müdigkeit sein. Sie hat fünf Nächte kaum geschlafen. Dazu das Klima in Panama. Sie rechnet sich aus, ob sie noch Heiligabend zu Hause sein kann. Im Geist sieht sie Kerzen flackern, riecht Wachs und Gebäck. Ihre Geschenke sind auf dem Wohnzimmertisch ausgebreitet. Was ist drin: Eine Muh, eine Mäh, eine Täterättättä, fällt ihr ein. Eine Puppe, ein Ball, ein Plüschtier.
Da erkennt sie, dass das gar keine Fantasie ist, sondern eine Erinnerung. Eine klare Erinnerung an die Zeit, als sie klein war. Sie erkennt es daran, dass ihr Vater im Sessel sitzt und sein Pfeifchen raucht. Durch die blauen Rauchwolken hindurch sieht er ihr beim Auspacken zu.
Das ist vorbei, das gibt es nicht mehr. Ihr Vater feiert woanders, hat eine neue Frau, einen Sohn. Er ruft höchstens an und weiß nicht so recht, was er sagen soll. Ilkas Mutter kriegt an Heiligabend Depressionen, hat die ganze Zeit Tränen in den Augen und kaut stundenlang auf den harten Lebkuchen rum.
Das Weihnachten, in das Ilka sich gerne retten möchte, gibt es überhaupt nicht mehr. Tot ist das, gestorben, begraben, verblichen.
Ilka atmet tief durch. Der Film geht weiter, sie kann sich nicht drücken.
Außerdem – gerade jetzt abhauen? Ist sie denn bescheuert? Bestimmt wird Fernanda eine Lösung finden. Die fröhliche, stürmische, rauchende und trinkende Fernanda, die so gar nicht in das Haus mit den Gitterstäben passen würde.
Weil die Zollabfertigung so lang gedauert hat, rollen sie erst Stunden nach Mitternacht ins lichterflirrende Hochtal ein.
»Ich weiß gar nicht, wie ich ins Haus komme.« Ilka kauert sich

in ihrem Sitz zusammen. »Die schlafen doch schon längst.«
»Kein Problem!«, sagt Fernanda. »Du schläfst heute Nacht bei mir. Gabriel fährt uns nach Hause.«
Ilka möchte sie umarmen, aber das traut sie sich immer noch nicht.
»Aber ich muss wenigstens Bescheid sagen.«
»Klar, wir rufen an.«
Ilka geht es schon viel besser – noch eine Nacht gewonnen! Jede Stunde ist jetzt wertvoll.
Vor dem Reisebüro gibt es einen herzlichen Abschied von den anderen Mitreisenden. Ilka kriegt viele Küsschen auf die Wangen und jede Menge gute Wünsche mit auf den Weg. Die ganze Reisegruppe hat sie als »unsere Gringa« adoptiert.
Vom Büro aus kann Ilka telefonieren. Natürlich schlafen Don Rafael und Doña Migrania schon tief. Sie haben Telefon am Bett, wenigstens müssen sie nicht aufstehen.
Nach zwei Klingeltönen ist Don Rafael am Apparat. Besonders gnädig klingt seine Stimme nicht. Als Ilka ihm erklärt, dass sie erst morgen früh kommen will, wird er richtig sauer.
»Du nimmst sofort ein Taxi und kommst her!«
»Es ist kein Problem. Ich kann bei einer Freundin schlafen.« Ilka versucht ruhig zu bleiben. Das lässt sie sich jetzt nicht verbieten.
»Freundin, Freundin! Ich kenne diese Leute nicht!« Don Rafael schreit jetzt schon fast ins Telefon. Sicher ist das ganze Haus aufgewacht.
Fernanda bedeutet Ilka, ihr den Hörer zu geben. Ilka gehorcht gerne.
»Señor? Hier spricht Fernanda Ruiz. Ich habe Ilka in mein Haus eingeladen.« Ihre tiefe, ruhige Stimme scheint den Patriarchen zu beruhigen. Eine Weile geht es noch hin und her, dann

gibt Fernanda ihre Telefonnummer durch, verabschiedet sich und legt auf.
»Alles klar!«
Fernandas Elternhaus liegt im Osten der Stadt. Ilka ist gespannt, ob es eines der bunten Holzhäuser ist, aber nein, es ist aus Stein, ein schmales Reihenhaus.
»Du musst mit mir in einem Bett schlafen«, flüstert Fernanda, als sie die Treppen hochgehen.
Ilka schweigt verblüfft. Damit hat sie nicht gerechnet. Eigentlich ist ihr so viel Nähe unangenehm.
»Ich schlafe mit den Füßen nach oben, du mit den Füßen nach unten«, erklärt Fernanda und zieht bereits die Schuhe aus.
Es ist eng und Ilka ist sehr aufgeregt. Sie müsste wirklich dringend mal eine Nacht durchschlafen, aber das klappt natürlich wieder nicht. So liegt sie im Dunkeln, etwas steif und verdreht, damit sie Fernanda nicht so viel Platz wegnimmt, und in ihrem Kopf dreht sich wie ein Mühlstein das Lied vom König:

Ich habe keinen Thron und keine Königin
und niemanden, der mich versteht,
aber trotzdem …

Doña Tilda füttert eine Gringa

Kurz hat Ilka wohl doch geschlafen, denn als Fernanda sich rührt, braucht sie eine ganze Weile, um sich zurechtzufinden. Zuallererst merkt sie, dass sie Hunger hat. Erst dann erkennt sie die völlig zerzauste und schon wieder ein bisschen grün angelaufene Fernanda.

»Guten Morgen!«

»Morgen.«

Im Haus ist die Hölle los. Rufen und Schreien, Lachen und Türenschlagen, der Fernseher läuft, aus einer anderen Ecke dröhnt Musik.

»Meine Familie.« Fernanda gähnt herzhaft.

Kurz danach lernt Ilka diese Familie kennen. Zuerst rasen ein paar von Fernandas Geschwistern unterschiedlicher Größe und unterschiedlichen Geschlechts vorbei, begrüßen Ilka oder winken nur freundlich. Der Fernseher steht im leeren Korridor, ein glatt gekämmter Mann hält strahlend eine Dose Hühnerbrühe in die Kamera. Keiner beachtet ihn, schlechte Karten für den Umsatz an Hühnerbrühe.

In der Küche wirbelt die Mutter. Sie ist klein, ein ganzes Stück kleiner als Ilka, dafür doppelt so breit. Ihre wachen, lachenden Augen mustern den Gast, den ihre Zweitälteste im Dunkel der Nacht ins Haus geschleppt hat.

»Das ist Ilka aus Deutschland.«

»Spricht sie Spanisch?«

»Fließend!« Das ist ein bisschen übertrieben, findet Ilka, aber damit ist wohl das Wichtigste geklärt, denn Doña Tilda räumt den Kühlschrank aus. Fernanda gießt zwei Becher Kaffee ein und stellt Ilka einen hin. Kurze Zeit später türmen sich auf dem Tisch Sandwichs, Maistortillas, Käse, Rührei …

»… es ist auch noch Reis mit Bohnen da. Isst deine Gringa Reis mit Bohnen?«

Die »Gringa« winkt ab. Laut protestieren kann sie nicht, sie hat den Mund voll.

»Ich weiß nicht.« Doña Tilda legt den Kopf ein wenig schief. »Sie sieht so aus, als müsste sie mal was Richtiges essen.« Und sie stellt noch eine Pfanne auf den Herd.

Das Frühstück zieht sich in die Länge. Fernanda gibt ihrer Mutter eine Zusammenfassung der Reise und von Ilkas Situation. Doña Tilda hört aufmerksam zu, den Pfannenwender noch in der Hand.

»Hat sie unsere Telefonnummer?«, fragt sie. Sie spricht nicht direkt mit Ilka, offenbar traut sie so einem blassen, blonden Wesen doch keine Spanischkenntnisse zu. Fernanda und Ilka nicken synchron.

»Gut.« Doña Tilda räumt eine Tasse ab. Im oberen Stockwerk wird laut gesungen. Dann rumpelt es, als sei jemand hingefallen, aber weder Fernanda noch ihre Mutter zeigen eine Reaktion. Fernanda sieht auf die Uhr.

»Sollen wir?«

Ilkas Füße sind aus Blei.

Im Zeitlupentempo stopft sie ihr Nachthemd in die Reisetasche, gibt Doña Tilda die Hand und schleicht zum Auto, einem alten, klapprigen Jeep.

»Springt nicht an«, sagt Fernanda. »Den muss man anschieben.«

Ilka und Fernandas zwei Brüder stemmen sich gegen den Jeep.

Die Mutter steht an der Tür und gibt die Kommandos. Schließlich röhrt der Motor los. Schade.
Als sie in die Hauptstraße einbiegen, sieht Ilka, dass das Viertel ganz nah am Fuß des Vulkans Irazú liegt. Der hat seinen Gipfel bereits in Wolken gehüllt.
»Warst du noch nie oben?«, fragt Fernanda.
Ilka schüttelt den Kopf.
»Da müssen wir irgendwann mal früh los, bevor die Wolken kommen.« Fernanda gibt Gas. »Um vier oder um fünf Uhr morgens.«
Sie sagt das mit so viel Überzeugung, dass Ilka ihr glaubt. Sie werden zusammen auf den Irazú fahren.
Die Fahrt zum Villenviertel ist weit, führt quer durch die ganze Stadt.
Vor dem Haus des Harems hält Fernanda an und drückt Ilka noch einmal kräftig an sich.
»Lass dich nicht unterkriegen! Und melde dich!« Dann fährt sie davon.
Rosa öffnet die Tür, sie hat wohl schon gewartet. »Schön, dass Sie wieder da sind!«
Nett von Rosa, aber Ilka kann es gar nicht schön finden. Niemand sonst nimmt Notiz von ihr. Ilka geht ins Zimmer. Auf ihrem Bett liegen mehrere Briefe. Nichts aus El Salvador.
Mama hat eine Seite Ermahnungen geschrieben. Pass dich an, ordne dich unter, die Leute wissen, was richtig ist …
Meike hat Liebeskummer. Im Hallenbad hat sie so einen netten Jungen kennen gelernt, total süß, wirklich, der will ja auch mit ihr ausgehen, und jetzt weiß sie nicht, wie sie ihrem Freund … weil, den mag sie ja auch …
Ilka legt die Briefe weg.
Wo ist die Welt, von der sie erzählen?

Mariela späht herein. »Du bist wieder da?«
»Ja.« Ilka fällt ein, dass sie den Schwestern Schokolade mitgebracht hat. Vielleicht sind sie ja bestechlich. Sie wühlt in ihrer Tasche.
»Und? Hast du ein Visum?«
»Für drei Monate.«
Mariela macht ein Gesicht, als hätte sie in eine saure Maracuja gebissen. Ilka findet die Schokolade, aber als sie aufblickt, ist Mariela verschwunden.
Vor Freude überschlagen hat sie sich nicht gerade, aber damit hat Ilka auch nicht gerechnet. Sie legt die Schokolade aufs Bett. Irgendjemand wird sie schon wollen. Ilka ist merkwürdig ruhig, aber es kommt ihr völlig verkehrt vor, dass sie ihre Sachen wieder in die Spiegelkommode räumt.
Sie glaubt ja selbst nicht, dass sie für weitere drei Monate hier einzieht.
Als Nächstes taucht die Señora auf, die von Mariela über den Stand der Dinge informiert worden ist.
»Don Rafael war sehr verärgert, weil du einfach bei fremden Leuten übernachtet hast.«
»Das waren keine fremden Leute.« Komisch, Ilka ist ganz ruhig.
»Wir sind für dich verantwortlich.«
»Ja.«
»Ja, *Señora,* heißt das.«
Ilka schnappt nach Luft. Sind sie hier in der Hundeschule? Soll sie gleich noch Männchen machen und Stöckchen apportieren? Das fehlte noch! Sie antwortet nicht, schließt die Kommodenschublade und richtet sich auf. Bis zu diesem Moment ist ihr noch gar nicht aufgefallen, dass die Señora nicht größer ist als sie. Der Señora scheint es auch noch nie aufgefallen zu

sein. Sie macht langsam einen Schritt rückwärts, dreht sich dann um und verschwindet in ihrem Schlafzimmer.
Ilka sinkt aufs Bett.
Das geht nicht mehr gut. Das ist unmöglich.
Sie braucht Luft, sie hält es nicht aus hier drin. Sie steht auf, geht in den Patio und lockt die Katze. Aber Wendy zeigt sich nicht. Ilka schaut ins Gebüsch, an Wendys Lieblingsplätzen, aber nirgendwo schimmert der rote Katzenpelz hervor.
»Die Katze ist fort, *Amor*«, sagt Rosa von der Küchentür aus.
»Wie, fort?«
»Verkauft.«
Ilka geht zu Rosa, die sich die Hände an einem Geschirrtuch trockenreibt. In der Küche riecht es nach Zwiebeln, Chili und Bohnen.
»Die haben die Katze verkauft?«
»Die Señoritas haben keine Ruhe gegeben wegen der kranken Kinder, und da hat Doña Miranda die Katze verkauft. Eine Dame ist gekommen und hat sie geholt.«
Ilka ist hin- und hergerissen zwischen ihrer Empörung über die Hysterie des Harems und der Hoffnung, dass es Wendy in ihrem neuen Heim ein bisschen netter hat.
»Und dann«, sagt Rosa so leise, dass Ilka unwillkürlich einen Schritt näher zu ihr geht, »dann haben die Señoritas den ganzen Nachmittag um das Geld für die Katze gestritten. Wie die Furien haben sie sich aufgeführt, geplärrt und geweint. Der Señor musste eingreifen und das Geld verteilen.«
Rosa schüttelt den Kopf.
»Die haben kein Herz, Señorita. Die sind ganz kalt.«
Diesmal widerspricht Ilka nicht.
Und da petzt Rosa.
Man kann es nicht anders nennen. Eine loyale Köchin darf

eigentlich nicht ausplaudern, was ihre Dienstherren untereinander so reden. Aber Ilka spürt, dass Rosa ihr Wissen schwer auf dem Magen liegt.
»Sie sind nicht willkommen in diesem Haus«, fängt Rosa an und schüttelt den Kopf. »Ich möchte es ja gar nicht sagen, aber Mariela hat gesagt, hoffentlich kommen Sie nie wieder aus Panama zurück. Hoffentlich geht sie verloren, hat sie gesagt.«
Ilka blinzelt. Überraschend kommt das nicht.
»Und die Señora, die hat zum Señor gesagt, dass er Ihnen auf gar keinen Fall wieder eine Aufenthaltserlaubnis beschaffen soll. Sie hat gesagt, sie gibt Ihnen auch nicht mehr umsonst zu essen, und wenn Sie noch länger hier bleiben, dann will sie von Ihnen zehn Dollar am Tag verlangen und für das Bett noch mal zehn Dollar.«
Rosa schüttelt den Kopf. Angesichts dessen, was sie verdient, ist die Summe ungeheuerlich.
Ilka würde sich gerne setzen, aber in der Küche gibt es immer noch keinen Stuhl. Sie lehnt sich gegen den großen Kühlschrank. Ihre Gedanken wirbeln durcheinander.
»Und Ihre Briefe machen sie auf!« Rosa scheint entschlossen, ein für alle Mal alles loszuwerden.
»Die Briefe, die ich hierher kriege?«
»Und die Briefe, die Sie abschicken.«
Ilka hat immer mal wieder einer der Schwestern ihre Briefe mitgegeben, wenn die gerade zur Post wollten. »Aber sie verstehen ja Ihre Sprache nicht!« Rosa kichert ein bisschen. »Die Señorita Caridad hat versucht zu verstehen, was Sie schreiben. Aber ich glaube, viel hat sie nicht herausgekriegt.«
Hoffentlich nicht! Ilka wird es heiß. Caridad ist leider sehr sprachbegabt. Schon möglich, dass die sich was zusammenreimt.

»Sie sagen auch, dass Sie keine gute Christin sind.« Rosa wird ganz rot. »Dass Sie in Deutschland nicht zur Messe gehen. Aber eins weiß ich, die sind auch keine guten Christen. Die bestimmt nicht.«
Dann stellt sie sich in ihrer ganzen Breite vor Ilka und sieht ihr in die Augen.
»*Amor,* ich an Ihrer Stelle würde sehen, dass ich aus diesem Haus weggehe. Die mögen Sie hier nicht. Die haben kein gutes Herz.«
»Aber wohin?«
Rosa schlägt die Augen nieder. Sie weiß es auch nicht, woher denn.
Ilka seufzt. »Danke, Rosa.«
»Ich sage, was ich denke, *Amor.* Weil Sie immer freundlich zu mir sind.«
Ilka steht unschlüssig da.
Irgendwas muss passieren, es gibt keine Ausreden mehr. Es ist schon lange klar, dass es so nicht weitergeht, aber was bisher unbestimmt in der Luft lag, hat nun Gestalt angenommen. Es ist eine Gestalt mit acht Augen, die Ilka immer im Blick haben, egal, wo sie sich jetzt verkriecht.
Ilka verlässt das Haus. Am liebsten möchte sie rennen, durchs Viertel, durch die ganze Stadt. Aber sie beherrscht sich, atmet tief durch, konzentriert sich auf die kühle Luft, die in ihren Körper strömt. Nach einigen Minuten wird sie ruhiger. Ohne zu überlegen, steuert sie ihren Stammplatz am Denkmal an.
Fernanda anrufen, etwas anderes fällt ihr nicht ein.
Nicht sofort. Morgen. Fernanda weiß vielleicht Rat. Ilka kann vom Büro aus anrufen, sie geht ja morgen wieder arbeiten.
Ilka hat keine Angst, dass die Familie sie einfach hinauswirft. Das trauen die sich nicht nach dem ewigen Gerede von der

»Verantwortung«. Die werden alles dransetzen, sie zu vergraulen. Wenn Ilka »von selbst« geht, kann man ihnen nichts vorwerfen. Sie muss eben durchhalten, bis sie eine Lösung gefunden hat.

Ilka wandert durch die Straßen, bis es dämmert. Mehr denn je ist die Stadt eine Filmkulisse, sind die Menschen Statisten, die auf- und abtreten und schon hinter der nächsten Ecke nicht mehr existieren.

Als Ilka in die Villa zurückkehrt, späht Rosa ängstlich aus ihrer Küche. Ganz wohl ist ihr nach ihren Enthüllungen wahrscheinlich nicht. Ilka lächelt ihr zu, zum Zeichen, dass alles in Ordnung ist. Sie wird nicht einfach weglaufen in die dunkle Nacht, sie wird sich nicht unter die Räder eines Stadtbusses, nicht ins Messer eines Frauenmörders werfen. Sie wird nicht im Urwald verschwinden und sich zu Affen und Faultieren in die Bäume hängen. Nein, Ilka lächelt, schenkt den jüngeren Schwestern Schokolade, erzählt Caridad und Mariela von den vielen amerikanischen Sportschuhen und französischen Parfüms, bis sie beide so ein grünes Funkeln in den Augen haben, und knabbert beim Abendessen brav an ihrem Löffel Reis.

Don Rafael scheint tatsächlich böse auf sie zu sein. Er weicht ihrem Blick aus und spricht kein Wort mit ihr. Sie hat wohl an seiner Patriarchenehre gekratzt. Vielleicht fürchtet er, sein Harem könnte sich an Ilka ein Beispiel nehmen und aufmucken.

In dieser Nacht ist Ilkas Schlaf schwarz und tief wie ein Vulkankrater. Eigentlich ist das ein Witz, denn so aufregend wie gerade jetzt war die Situation auf dieser Reise noch nie. Aber sie kann einfach nicht mehr. Sie lässt sich und alles fallen und taucht ab, wenigstens für ein paar Stunden.

Im Büro findet eine Weihnachtsfeier statt. Von Kerzen und

Lebkuchen keine Spur. Belegte Brote und Cola stehen auf dem Tisch.
»Alles klar mit dem Visum?«, fragt die Chefin, die gerade mit einem Aktenordner in der Hand vorbeisaust.
Ilka nickt.
»Na prima. Ich setz mich gleich zu euch, muss erst noch ein bisschen telefonieren!« Und schon ist sie verschwunden.
Einen Augenblick lang will Ilka aufspringen und ihr nachgehen. Doña Cecilia hat ihr schon einmal geholfen, warum nicht jetzt?
Aber sie bremst sich.
Die Anwältin steckt viel zu nahe mit der Familie zusammen.
Lela fällt auf, dass mit Ilka was nicht stimmt. Sie drückt ihr ein Thunfisch-Majonäse-Sandwich in die Hand und will wissen, was los ist.
Wenn nicht so viele andere drum herumstehen würden, könnte Ilka ihr es ja erzählen.
»Ich bin nur müde. Die Fahrt war anstrengend.«
Lela nickt. Nach Panama ist es eine Weltreise, sie ist noch nie dort gewesen.
Blöde Idee, Fernanda vom Büro aus anzurufen. Es darf ihr niemand zuhören, schon gar nicht Doña Cecilia.
Der Anruf muss bis nach der Weihnachtsfeier warten.
Als Ilka endlich in der Telefonzelle steht, fällt ihr dreimal die Münze runter, bevor sie es schafft, sie in den Schlitz zu stecken. In ihren Ohren braust es so laut, dass sie den Klingelton kaum hört.
»Hallo?«
Wen von der Großfamilie sie an der Strippe hat – keine Ahnung! Sie fragt nach Fernanda. Die Stimme sagt etwas von »momento«, es knirscht und klappert.

»Ilka?«
Da ist sie, sie existiert wirklich.
Ilka stottert erst ein bisschen – auf Spanisch telefonieren, das ist ziemlich schwierig –, aber dann fängt sie sich und erzählt, was sie von der Köchin erfahren hat.
Fernanda hört schweigend zu.
Dann sagt sie: »Ich hab schon mit meiner Mutter gesprochen. Sie hat nichts dagegen, dass du bei uns wohnst.«
Ilka bleibt erst mal die Sprache weg. Die deutsche ebenso wie die spanische.
»Wirklich wahr?«, stottert sie nur.
»Kein Problem. Sag Bescheid, wenn ich dich abholen soll.«
So einfach ist das.
Ilka legt auf. Ihr ist ganz schwindlig! Am liebsten hätte sie das kleine, drahtige Männchen, das vor der Telefonzelle wartet, auf die Knollennase geküsst. Sie beherrscht sich aber und grinst ihn nur so glücklich an, dass er ihr nachschaut, bis sie um die Ecke verschwunden ist.

Der Patriarch

So einfach ist das eben doch nicht.
Die Villenfamilie sitzt, gewohntes Bild, am Esstisch.
Da sitzt auch Ilka und schiebt Reiskörner und Bohnen über den Teller. Die Stimmung ist gereizt, weil schon dreimal das Telefon geklingelt hat. Wenn Don Rafael eins nicht leiden kann, dann Telefonklingeln, wenn er beim Essen ist. Schon hundert Mal hat er seinen Töchtern gesagt, ihre Freundinnen möchten bitte nicht um die Zeit anrufen, in der er zu essen pflegt. Die Töchter haben die Köpfe eingezogen, die Señora sticht mit der Gabel so hektisch nach den Salatblättern, als wären sie lebendig und würden jeden Moment vom Teller auffliegen.
Nein, ein günstiger Moment ist das nicht, aber Ilka möchte nicht mehr warten. Die Komödie oder Tragödie, je nachdem, dauert schon viel zu lange.
Und übermorgen ist Weihnachten!
Sie räuspert sich.
»Fernanda hat mir angeboten, dass ich zu ihr ziehen kann.«
Die Tischrunde erstarrt wie in Kunstharz gegossen.
Ilka ist bestimmt krebsrot.
Im Zeitlupentempo legt der Hausherr das Silbermesser zur Seite, hebt die Serviette an den Mund und tupft.
»Beim Essen musst du mir so etwas sagen!« Don Rafael spricht sehr leise, er sieht Ilka nicht an.
Im rechten Auge der Señora zuckt es ein bisschen, vielleicht hat sie Angst, dass er ablehnt.
Doch Don Rafael sagt überhaupt nichts. Er erhebt sich so wür-

dig, als baumelten zwanzig bleierne Verdienstorden an seinem Jackett, und verlässt gemessenen Schrittes den Raum.
Die Töchter starren Ilka neugierig an. Die Señora legt die knochige Hand an die Schläfe.
»So wenig Respekt hast du vor Don Rafael!«
»Ich habe schon Respekt!« Ilka schwitzt. »Es ist aber wichtig!«
»Rosa!« Die Señora wendet das Gesicht Richtung Küche. Rosa poltert durch die Schwingtür. Sicher hat sie gelauscht. Ihr Blick flackert von Ilka zu dem leeren Platz am Tischende.
»Señora?«
»Rosa, räum den Teller vom Señor ab. Ihm ist der Appetit vergangen.« Sie bedenkt Ilka mit einem giftigen Blick. »Und bring den Kindern den Nachtisch.«
Die Señora verzichtet auf den Nachtisch, damit sie überzeugender leiden kann. Ilka verzichtet natürlich auch. Sie sitzt einfach da und wartet ab, was passiert. Die Bombe ist hochgegangen, jetzt kann sich keiner mehr hinter seiner Höflichkeit verschanzen.
Ilka sitzt immer noch am Tisch, als alle anderen längst aufgestanden und in ihren Zimmern verschwunden sind. Caridad hat ihre Tür so sorgfältig hinter sich ins Schloss gedrückt, dass Ilka ihr bestimmt nicht nachgehen wird. Irgendwie tut ihr Caridad jetzt Leid. Sie ist nicht so eine Hexe wie Mariela, sie hat sich vielleicht eine Verbündete im Haus gewünscht. Sie können eben nicht aus ihrer Haut. Ilka und der katholische Kaffeepflanzeradel, das passt nicht zusammen.
Ilka wünscht sich, dass Caridad eines Tages ausbricht, sich eine grüne Irokesenfrisur schneiden lässt, einen Ring durch den Nasenflügel bohrt, sich in Lederklamotten zwängt und mit einem zottelhaarigen Rockmusiker auf und davon geht. Ohne

zu heiraten, natürlich. Ilka kann Doña Migranias Unterlippe schon zittern sehen.
Der heilige Antonio jedenfalls, der würde so laut lachen, dass in der kleinen Kirche die Gesangbücher aus dem Regal fallen.
»Ich ziehe aus, Rosa«, sagt Ilka, als die Köchin zum Abräumen hereinkommt.
»Wann denn, *Amor*?«
»Bestimmt bald.«
Stundenlang lungert Ilka im Haus und im Patio herum. Einmal setzt sie sich in den Sessel und versucht die Zeitung zu lesen, aber sie kann sich nicht auf die Schlagzeilen konzentrieren. Die eigenen Schlagzeilen in ihrem Kopf sind viel fetter gedruckt, mit einem dicken roten Balken drunter.
»Flucht steht bevor! Familienoberhaupt erbittet Bedenkzeit!«
»Kehrt die gottlose Deutsche in ihre Heimat zurück?«
»Kommunistische Unterwanderung angesehener Familie gescheitert!«
Endlich taucht die Señora aus ihren Gemächern auf. Sie trägt ihren Morgenmantel, obwohl es Nachmittag ist. Migräne also.
»Der Señor möchte, dass du zu ihm ins Arbeitszimmer kommst.«
»Gut.«
»Gut, *Señora*!«
Ilka lächelt, faltet die Zeitung zusammen und steht auf. Ihre Knie sind ein bisschen weich. Sie geht durch den Flur zum Arbeitszimmer von Don Rafael. Drinnen ist es ganz still. Dreimal hebt sie die Hand und lässt sie wieder sinken, bis sie endlich anklopft.
»Herein!«
Ilka öffnet die Tür. Don Rafael thront hinter seinem Schreibtisch. Um ihn herum stapeln sich Akten in labyrinthischen Re-

galen. Er lässt ein paar schweigende Sekunden verstreichen, bevor er aufschaut und Ilka mit einer ungeduldigen Bewegung auf einen Stuhl winkt.
»Du wirst verstehen, dass ich dich unmöglich zu Leuten schicken kann, von denen ich nichts weiß. Deine Eltern haben mir die Verantwortung für dich übertragen. Ich werde sie nicht enttäuschen.«
»Die Familie ist sehr nett«, sagt Ilka. »Ich glaube, ich würde mich bei ihnen richtig wohl fühlen.«
Dass sich Ilka bei seiner eigenen Familie nicht wohl fühlt, das ist Don Rafael sicher schon bekannt.
»Wie heißt der Vater noch?«
Ilka sagt es ihm. Don Rafael zuckt die Achseln.
»Den Namen habe ich nie gehört, der sagt mir überhaupt nichts.«
So arrogant hat sie ihn noch nie gesehen. Sogar die Augenbrauen wirken wie mit Pomade geglättet. Wenn sie gehofft hat, das ursprüngliche Einverständnis zwischen ihnen würde wieder aufflackern, hat sie sich getäuscht. Don Rafael ist nur noch unangreifbarer, kühler Patriarch. Nichts erinnert mehr an die offenen Gespräche unterwegs zum Büro.
Kein Wunder, dass er den Namen von Fernandas Vater nicht kennt. Der ist wahrscheinlich nicht so häufig beim Präsidenten eingeladen.
Ilka versucht Don Rafael in die Augen zu sehen.
»Bitte! Wenn das nicht gut geht, dann fliege ich nach Hause.«
Don Rafael nimmt seine Brille ab, legt Daumen und Zeigefinger an die Nasenwurzel und verharrt einen Moment in dieser Haltung, als würde er nachdenken.
»Ich kann dir das nicht erlauben«, wiederholt er. »Aber wenn deine Eltern es dir erlauben, dann halte ich dich nicht auf.«

»Ich rufe meine Mutter an!« Ilka will schon aufspringen, aber ein Blick Don Rafaels nagelt sie auf den Stuhl.
»Schriftlich! Ich erwarte eine schriftliche Erlaubnis! Sag ihr, sie soll dir ein Telegramm schicken. In englischer Sprache!«
Ilka nickt. Es ist ein Angebot. Eine aufmüpfige Stimme in ihrem Innern fragt zwar, was Don Rafael tun würde, wenn sie jetzt einfach mit ihren Koffern aus der Tür spaziert. Aber darauf möchte sie es nicht gerne ankommen lassen. Wenn sie einigermaßen im Frieden hier verschwinden kann, ist ihr das auch lieb.
Sie ist entlassen.
Die Señora erwartet sie wie der Engel mit dem Flammenschwert vor dem Telefon. »Von hier aus rufst du nicht an! Das bezahlen wir nicht auch noch!«
Ilka antwortet nicht. Sie macht kehrt, zieht Schuhe und Jacke an und läuft zur Bushaltestelle. Von einer normalen Telefonzelle aus kann man nicht in Deutschland anrufen. Sie muss ins Zentrum fahren, zum Gebäude der Telefongesellschaft.
Es wird ein kurzes, unbefriedigendes Telefonat. Die Mutter ist erst mal völlig aus dem Häuschen, weil Ilka anruft, und was das mit dem Telegramm bedeutet, das kann sie so schnell natürlich auch nicht verstehen.
»Schick es einfach, Mama!«, bittet Ilka. »Ich erklär dir alles. Ich mach schon das Richtige!« Die Tränen laufen ihr übers Gesicht, sie kann sie nicht aufhalten. Sie ist so mit den Nerven runter. Als sie auflegt, ist sie nicht sicher, wie die Mutter reagieren wird.
Ilka geht so lange durch die Straßen, bis sie sich einigermaßen gefangen hat. So verheult will sie nicht in der Villa auftauchen. Als sie dort ankommt, ist die Stimmung unter den Gefrierpunkt abgesunken.

Im Zimmer steht ihr Koffer, der seit dem Tag ihrer Ankunft im Schuppen untergebracht war, mit geöffnetem Deckel bereit. Ilka blinzelt verblüfft. Die haben's aber eilig, sie loszuwerden! Na bitte, dann packt sie eben. Sie zieht die Kommodenschublade auf und legt ihre Wäsche in den Koffer. Dabei stößt sie auf die Tasche mit den Weihnachtsgeschenken, die sie schon vor Wochen für die Schwestern besorgt hat. Ilka wiegt sie ratlos in der Hand, legt sie dann erst mal beiseite.
Caridad kommt herein, setzt sich auf ihr Bett und schaut Ilka zu. Sehr glücklich wirkt sie nicht. Ilka gibt sich einen Stoß und reicht ihr die Tüte mit den Weihnachtsgeschenken.
»Die Namen stehen an jedem Päckchen dran«, sagt sie. »Legst du sie unter den Weihnachtsbaum?«
Es steht nämlich bereits ein Weihnachtsbaum im Salon: ein weißes, zusammenklappbares Plastikmonster, schon geschmückt.
Caridad nickt. Vielleicht macht sie sich Vorwürfe, aber ihre Schuld ist es nicht. Schuld ist sowieso Quatsch. Sie haben sich eben nicht vertragen. Ilka müsste ihr das sagen, aber sie hat schon so lange geschwiegen, dass sie auch jetzt nicht den Mund aufkriegt. Sie drückt den Koffer zu.
Caridad verschwindet wieder. Ilka ist allein. Sie legt sich aufs Bett und nimmt ihr Tagebuch, aber sie malt nur Muster auf die Seiten. Zackige, verschlungene, verquere Muster. Sie drückt den Kugelschreiber so fest aufs Blatt, dass es durch mehrere Seiten durchdrückt. Nicht einmal lesen kann sie, die Buchstaben verschwimmen vor ihren Augen. Dauernd ertappt sie sich dabei, wie sie wieder an ihren verkrusteten Insektenstichen kratzt. An manchen Stellen hat sie richtige Krater in Armen und Beinen.
Es ist schon Abend, als es an der Tür klingelt.

Ilkas Herz schlägt wild.
»Ilka!«
Sie steht auf, geht in den Flur. Die Señora händigt ihr das Telegramm aus.
»Okay Ilka change family!« steht drauf.
»Deine Eltern kann ich nicht verstehen«, sagt die Señora leise. Gleich wird ihr grüner Dampf aus den Nüstern steigen. »Aber Menschen, die sich scheiden lassen, hat Gott ohnehin verlassen.« Sie hält Ilka das Telefon hin. Ein Ortsgespräch finanzieren sie ihr also noch. Ilka möchte eigentlich ihre Mutter verteidigen, aber dann schweigt sie doch. Stattdessen kramt sie Fernandas Telefonnummer aus ihrem Brustbeutel und ruft an.
»Und?«, fragt Fernanda.
»Holst du mich?«
»Ich komme gleich.«
Ilka geht in die Küche und stellt bestürzt fest, dass Rosa schon nach Hause gegangen ist. Nun hat sie sich nicht einmal von ihr verabschiedet. Rosa hat bestimmt nicht erwartet, dass sie am nächsten Morgen ebenso verschwunden sein wird wie vorher die Katze. Wenigstens müssen die Mädchen diesmal nicht ums Geld streiten. Vielleicht hätte es ihnen ja besser gefallen, Ilka an einen Mädchenhändler zu verkaufen.
»Tust du mir einen Gefallen?«, wendet sich Ilka an Caridad.
»Was denn?«
»Grüßt du Rosa von mir und sagst ihr, ich wünsche ihr alles Gute?«
Caridad nickt. Ilka glaubt ihr, weil sie ihr gerne glauben möchte. Dann schleppt sie ihren Koffer und ihre Reisetasche hinaus in den Flur. Dick und prall stehen sie da, wie sie sie hergebracht hat.
Es dauert noch etwa eine Stunde, bis Fernanda an der Tür klin-

gelt. Sie grüßt die Señora freundlich und wird von der nur abschätzig gemustert.
Der Harem beobachtet aus verschiedenen halb geöffneten Türen den Aufbruch.
»Wo ist Don Rafael?«
»Er möchte nicht gestört werden.«
Ilka schaut in Richtung Arbeitszimmer. Vielleicht taucht er ja doch noch auf, sagt etwas Freundliches, zeigt Verständnis! Doch dahinten rührt sich nichts. So gibt Ilka denen, die da sind, die Hand und sagt: »Vielen Dank für alles.«
Fernanda nimmt den schweren Koffer.
Dann schließt sich die Tür hinter ihr.
»Puh«, sagt Fernanda. »So eine Horrorshow.«
Und da muss Ilka lachen. Sie lacht noch, als sie im Jeep sitzt und die Lichter der nächtlichen Stadt an ihr vorbeisausen. Sie lacht, dass ihr die Tränen hinunterlaufen, und Fernanda lacht mit, und dann singen sie aus voller Brust das Lied vom König ohne Thron.

White Christmas

Weihnachten steht im Kalender. Ilka sitzt in Fernandas Zimmer, unten im Etagenbett, das von irgendwoher aufgetaucht ist. Sie sitzt einfach da und lauscht auf die Geräusche des neuen Hauses, auf die Stimmen, auf den unvermeidlichen Fernsehsprecher. Die Spätnachmittagssonne zeichnet durch die Jalousien hindurch Lichtstreifen auf die Bettdecke.

Ilka ist so müde. Wenn sie sich jetzt auf der Matratze ausstreckt, wird sie eine Woche am Stück schlafen, das ist sicher.

»Was machst du?« Fernanda ist in der Tür erschienen.

»Auspacken.«

Also, das ist gelogen. Ilka hat den Koffer noch nicht mal aufgemacht, hat ihn einfach vor dem Bett abgestellt und sich auf die Matratze geworfen.

»Wir fahren doch morgen ans Meer. Pack einfach dein Badezeug zusammen und lass den Rest stehen.«

Ilka nickt.

»Wir müssen auch gleich noch mal in die Stadt. Geschenk für Papi kaufen.«

Ilka rappelt sich auf. »Jetzt noch?«

Vierundzwanzigster Dezember, fünf Uhr nachmittags!

»Ja, warum nicht? Kommst du?«

Klar kommt sie mit. Ilka kommt überallhin mit. Die Fenster haben keine Gitterstäbe mehr.

Bevor sie aus der Haustür gehen, wirft Ilka einen Blick ins Wohnzimmer.

Da steht ein richtiger Weihnachtsbaum! Ein Baum aus Holz

mit Ästen und Zweigen. Allerdings keine Tanne, überhaupt kein Nadelbaum, aber immerhin – er riecht nach Wald. An den Zweigen sind Glückwunschkarten aufgehängt. Bunte Elektrokerzen blinken.

In der Innenstadt ist die Hölle los. Durch die Straßen wälzen sich Menschenmassen unter einer Wolke von Geplapper und Gelächter dahin. In den Geschäften drängen sich die Käufer. Aus allen Ecken klingt Musik. Obsthändler belagern die Straßenränder, heute gibt es überall Äpfel und Trauben, exotisches Obst speziell für die Feiertage! Kinder graben mit den Händen in Plastiktüten und werfen weißes Konfetti in die Menge.
»Es schneit!«, sagt Fernanda. »Richtigen Schnee haben wir ja nicht.«
Ilka streift sich die Konfettischnipsel aus den Haaren und sieht sich begeistert um. Sie fühlt sich ganz beschwipst, auch ohne Rum, und möchte alle küssen: die Konfettikinder, die Hemdenverkäufer, die Geschwister. Die Hemdenverkäufer hätten ein wenig Trost nötig, denn die Geschwister lassen sich mindestens dreißig verschiedene Modelle zeigen, bevor sie sich für ein Hemd entscheiden.
Als sie zum Haus zurückkommen, brummt es darin wie in einem Bienenstock. Ständig klingelt oder klopft es, junge oder ältere Leute bringen Päckchen, Kuchen, Glückwunschkarten, winken in die Runde, verschwinden in der Küche. Auf dem Plattenspieler dreht sich eine völlig zerkratzte Salsascheibe. Mayra, Fernandas jüngere Schwester, singt lauthals mit und wackelt mit den Hüften, während sie die neuen Karten an den Baum hängt. Zwischendurch tanzt sie zu Ilka hinüber, die vom Sofa aus fasziniert das Geschehen beobachtet, und nimmt sie in die Arme, dass ihre Rippen krachen.

»Na, mein Schatz, du bist so still, erzähl uns doch mal was!« Ilka grinst und hebt die Schultern. Sie hat nichts zu erzählen, sie möchte einfach nur da sein und zuschauen.

»Deine Gringa sagt keinen Pieps!«, teilt Mayra ihrer Schwester mit, als die ins Zimmer kommt. »Bist du sicher, dass sie Spanisch spricht?«

»Vielleicht muss sie was trinken«, sagt Fernanda. »Das hat in Panama geholfen, da hat sie geredet wie ein Wasserfall.«

Ilka winkt ab, aber Fernanda geht trotzdem die Rumflasche holen. Ilka ist schon ohne Alkohol ganz schwindlig von den vielen fremden Gesichtern, den vielen Namen, dem Geschrei und der Musik. Den ganzen Abend wird sie von irgendwelchen Leuten umarmt und geküsst, wird ihr ein Teller, ein Glas in die Hand gedrückt. Als es Zeit ist, die Geschenke auszupacken, stört es sie gar nicht, dass nichts für sie dabei ist. Wozu braucht sie irgendein dummes Weihnachtspäckchen? Ihr Geschenk ist das größte von allen. Sie ist gerettet. Sie sitzt nicht, wie befürchtet, mit den Händen zwischen den Knien und zusammengepressten Lippen vor dem weißen Plastikweihnachtsbaum und hört sich an, wie die Haremsschwestern sich streiten, wer von ihnen das teuerste Geschenk bekommen hat.

»Und du warst die ganze Zeit noch gar nicht am Meer?«, fragt eine dicke junge Frau, die gerade neben Ilka auf dem Sofa gelandet ist. Eine Kusine wird es sein oder eine Nachbarin oder auch die Freundin einer Nachbarin …

Ilka schüttelt den Kopf.

»Seht euch doch bloß an, wie weiß sie ist, die Gringa.« Die Mutter schiebt sich heran, in der Hand hält sie ein dickes Stück rumgetränkten Kuchen. »Weiß wie eine Yuccawurzel. Als hätte sie noch nie die Sonne gesehen.«

»Das wird sich ändern«, sagt Fernanda.

Ja, denkt Ilka, das wird sich ändern, wenn sie jetzt an den Strand geht, wird sie in Kürze aussehen wie ein gekochter Hummer.
Gabriel kommt und küsst sie brüderlich auf die Wange.
»Wie schön, dass du jetzt hier wohnst! Du wirst sehen, das hier sind ganz besondere Menschen!«
Ilka findet ihn ein bisschen zu brüderlich, aber das kann ihre gute Laune heute auch nicht trüben.
So einen Weihnachtsabend hat Ilka noch nie erlebt, mit so vielen fremden Menschen, die ständig durcheinander laufen und alle gleichzeitig zu reden scheinen. Irgendjemand ist immer in der Küche, wärmt Essen in der Mikrowelle, schaufelt sich Salat auf den Teller oder lässt Eiswürfel in Cocktailgläsern klirren. Zwar existiert ein langer Esstisch, aber der dient als Ablage für leere Gläser und benutzte Servietten. Jeder hat seinen Teller in der Hand oder balanciert ihn auf der Armlehne eines Sessels. Die ganze Zeit über läuft Tanzmusik. Immer wieder springt ein Paar auf und tanzt auf der kleinen freien Fläche zwischen dem Esstisch und dem exotischen Weihnachtsbaum eine *Salsa*. Nur einmal legt jemand »I'm dreaming of a white Christmas« von Bing Crosby auf. Kreischendes Gelächter und Protestgeschrei bereiten dieser feierlichen Einlage ein schnelles Ende.
Ganz ganz kurz denkt Ilka an zu Hause, fragt sich, wie sich Mama jetzt fühlt, ob sie ihre Weihnachtsdepression hat, ob sie allein ist und sich Sorgen um Ilka macht. Sie muss ihr unbedingt gleich morgen schreiben, was los ist.
Doch dann löst sich das Bild der Mutter wieder auf.
»Bis morgen!«, sagt mindestens jeder Zweite, der aus der Tür geht.
»Es geht früh los!«, ruft Don Luis, Fernandas Vater, ihm dann nach. »Nicht verschlafen!«

Die Lichtung

Die ganze Nachbarschaft fährt mit an den Strand – alle Anwohner dieser Straße, die wie alle Straßen der Vorstadt keinen Namen hat. Tomás, ein dicker Familienvater, hat einen kleinen Lastwagen organisiert, ein grünes Gefährt mit einem Lattengitter um die Ladefläche. Auf dieser Ladefläche türmen sich Matratzen, Zeltplane, Kocher, Decken, Proviant, Fahrräder … Man könnte an ein Flüchtlingsdrama denken, wenn nicht alle so fröhlich wären.

Ilka versucht zu zählen, wie viele Menschen zur Gruppe dazugehören, aber sie schafft es nicht, denn sie stehen niemals still, sondern laufen in ihre Häuser, tauchen mit Gepäck beladen wieder auf, beugen sich über einen Kofferraum, sammeln kleine Kinder ein.

Sie kriegt einen Platz hinten im Familienjeep, eingequetscht zwischen den Geschwistern, eine Schnorchelausrüstung auf dem Schoß, die in letzter Sekunde noch hinter irgendeiner Schranktür aufgetaucht ist und nicht mehr auf den Lastwagen geworfen werden konnte.

Acht Personenwagen und der Kleinlaster fahren schließlich los. Die Sonne steht schon wieder hoch am Himmel. Don Luis grummelt, weil es so spät geworden ist. Zum Trost muss er gleich außerhalb der Stadt an einer Palmdachkneipe anhalten und sich selbst einen Drink spendieren.

»Ihr könnt ja schon vorfahren!« Er winkt die Karawane vorbei. »Wir sehen uns dann!«

Doña Tilda sitzt mit zusammengekniffenen Augen, die Hand-

tasche auf dem breiten Schoß, auf dem Beifahrersitz des Jeeps und weigert sich auszusteigen.
Ilka klettert ins Freie, ihr tun jetzt schon alle Knochen weh, der Wagen ist schlecht gefedert. Vor der Kneipe herrscht bunter Trubel. Meterhohe Hügel aus riesigen grünen Papayas und gelben Melonen sind aufgestapelt. Musik pulst aus alten Kofferradios, Kinder spielen laut kreischend Fangen um die Obst- und Pastetenverkäufer herum.
Etwa eine Dreiviertelstunde später geht es weiter.
Nach dem dritten Halt und dem soundsovielten Drink setzt sich Fernanda ans Steuer. Don Luis rutscht auf den Beifahrersitz und summt vor sich hin, wenn er Fernanda nicht gerade Anweisungen gibt, wie sie fahren soll.
Doña Tilda hat sich nach hinten gezwängt. Sie schaut in die Ferne.

Im blendend hellen Licht des frühen Nachmittags schaukelt der Jeep in ein kleines Dorf. Vom Meer ist nichts zu sehen, aber in einer Seitenstraße parkt der grüne Kleinlaster. Auf der Veranda eines blauen Holzhäuschens stehen die Nachbarn aus San José und winken. Ein schwarz geflecktes Schweinchen erhebt sich unwillig aus einer Straßenpfütze und galoppiert davon.
Fernanda lässt den Jeep mitten auf dem Platz vor der Kirche stehen. Es gibt ein großes Hallo, als hätten sich alle seit Monaten nicht gesehen. Ilka ist völlig durchgeschüttelt, sie spürt Knochen ihres Körpers, von denen sie bisher gar nichts ahnte. Es ist flirrend heiß, man kann die Hitze richtig hören. Sie singt einen hellen, sägenden Ton, so dicht an der Hörgrenze, dass Ilka einen Moment lang denkt, sie bildet ihn sich nur ein. Vom Blechdach des Holzhäuschens späht ein schwarzer Leguan auf

die Ankömmlinge herunter. Auf der Veranda taucht eine dicke alte Frau in fettfleckiger Schürze auf.
»Meine Großmutter«, sagt Fernanda. »Wir übernachten heute alle bei ihr.«
»Alle?«
»Es ist ein großes Haus – vier Räume!«
Eisgekühlter Fruchtsaft wartet auf die Ankömmlinge. Ganz entfernt erinnert sich Ilka daran, dass der Tourist in Küstengegenden Trinkwasser abkochen und auf Eiswürfel verzichten sollte. Als die Großmutter sich daranmacht, für alle einen Krabbenreis zu kochen, muss sie erst zwei lebendige Hühner vom Herd verscheuchen.
Ilka hat einen Riesenappetit!
Das ganze Haus soll mit Matratzen ausgelegt werden, auf jeder Matratze schlafen zwei Leute. Aber erst einmal wird gründlich gefegt, vor allem unter den Schränken, wegen der Skorpione. Berge von Fledermauskot kommen zum Vorschein. Die Fenster sind nicht verglast und zwischen Wänden und Dach bleibt so viel Platz, dass Fledermäuse problemlos rein- und rausfliegen können. So zieht die Luft durchs ganze Haus, es ist eine simple Klimaanlage. Ilka denkt lieber nicht daran, was für Viehzeug diese bequemen Eingänge noch nutzen könnte. Im tiefsten Inneren ist sie davon überzeugt, dass sie sofort tot umfallen wird, sollte ihr jemals eine Vogelspinne begegnen.
Die Frauen putzen und schwitzen. Die Männer trinken und machen anzügliche Bemerkungen über die Ausmaße der Hinterteile, die ihnen die mit Wischtüchern am Boden kauernden Frauen entgegenstrecken. Don Rafael wäre so etwas nie eingefallen. Ilka denkt ohne Bedauern an die gepflegten Manieren des Villenviertels zurück. Sie zerrt Matratzen vom Lastwagen und verteilt Decken in die einzelnen Räume.

Das Sirren da draußen ist lauter geworden. Gleich hinter den Häusern ragen riesige Bäume in den Himmel. Im Geäst keckert und kreischt es von Zeit zu Zeit. Äste schaukeln, aber kein Lebewesen ist im wirren Grün zu erkennen.
Ilka lässt die Matratze, die sie gerade vom Wagen ziehen wollte, wieder los.
Zögernd steht sie noch einen Moment lang da, dann gibt sie sich einen Ruck.
Bevor die Sonne untergeht, hat sie noch etwas zu erledigen.
Sie holt ihre Reisetasche aus dem Jeep, tauscht ihre Sandalen gegen ein Paar feste Turnschuhe und geht los, die Lehmstraße hinunter. Sie geht wie von einem Magneten angezogen auf das Sirren zu. Mit jedem Schritt wird es lauter. Als Ilka unter den ersten Bäumen steht, ist es so durchdringend, dass ihr schwindlig wird. Eine flirrende Klangmauer hat der Wald um sich herum aufgebaut. Ilka kann das Geräusch überall auf der Haut spüren, ihr Trommelfell knackt, ihre Augen flimmern. Aber sie zögert nicht mehr, sie springt mitten hinein, lässt sich fortreißen wie von einer prickelnden Strömung. Sie geht und geht, den Kopf hat sie in den Nacken gelegt. Es dringt kaum Tageslicht bis an den Boden, unten ist es ganz dunkel, nur einzelne Blätter fangen einen dünnen Sonnenstrahl ein und leuchten transparent grün. Türkis schimmernde, handgroße Schmetterlinge taumeln über den Weg. Ein Heer von Blattschneiderameisen hat seine eigene, mehrspurige Autobahn angelegt, über die es zahllose Blattschnipsel huckepack transportiert. Ilka macht einen großen Schritt darüber. Weiter und weiter geht sie, muss nun einen kleinen Fluss überqueren, über dem Wolken von Stechinsekten schwirren. Sie schlägt um sich, während sie von Stein zu Stein springt. Die Sonne steht schon tief und Ilka fängt an zu laufen. Sie läuft, bis sie an eine kleine

Lichtung kommt. Schweiß rinnt ihr von der Stirn, das T-Shirt klebt, über ihre Arme und Beine zieht sich ein Muster von Insektenstichen. Sie bremst ab, geht jetzt langsam, Schritt für Schritt, in die Lichtung hinein. Zwei Tukane fliegen auf, riesige Schnäbel mit kleinen Vogelkörpern daran. Der Wald schreit mit tausend Stimmen ohne Luft zu holen. Ilka wird es schwindlig, sie starrt hinauf in den Himmel über der Lichtung, den Himmel über dem Waldgewölbe, sie breitet die Arme aus, sie hebt ab, die Spitzen des hohen Grases streifen noch ihre Füße, sie schwebt höher, sie fliegt.

Epilog

I.

Ilka wird vom Gebrüll der Affen wach. Sie liegt verkrampft am Rand der Matratze, um Fernanda nicht zu stören. Die hat ihre Decke von sich geworfen und schnarcht leise. Von den anderen acht im Bungalow rührt sich noch keiner. Ilka lauscht. Ihr fällt ein, wie sehr sie das Gebrüll anfangs erschreckt hat. Ein Jaguar oder so etwas, hat sie damals befürchtet.
Sie möchte so gerne die Affen noch einmal sehen.
Vorsichtig gleitet sie von der Matratze, steigt barfuß über die Schlafenden hinweg. Erst an der Tür schlüpft sie in die Gummilatschen. Das Nachthemd geht notfalls auch als Strandkleid durch. Ein dicker violetter Waldkrebs bringt sich in Sicherheit, als sie aus der Tür in den Sand tritt. Ilka beugt sich zu ihm hinunter, er reckt ihr abwehrend die orangeroten Scheren entgegen. Sie richtet sich auf, nimmt ihr Badetuch und den Bikini von der Wäscheleine und geht in die Richtung, aus der sie die Affen gehört hat.
Nach drei Monaten Trockenzeit ist der Wald ausgedörrt. Viele Bäume haben ihre Blätter abgeworfen. Einige blühen knallig rot oder gelb. Bei jedem Schritt achtet Ilka darauf, nicht auf eine Giftschlange zu treten. Eine Gruppe Nasenbären – Weibchen mit ihren Jungen – überquert im Gänsemarsch den Weg, die Schwänze steil in die Höhe gereckt.
Ilka bleibt stehen und schaut aufs Meer. Die Wellen toben Schaum sprühend gegen die Felsen des kleinen Riffs. Jetzt ist das Brüllen direkt vor ihr. Die schwarzen Affen sitzen beim

Frühstück. Sie haben sich über einen blühenden Baum verteilt und futtern seine Blütenstände. Ilka sieht ihnen zu, wie sie über die Äste balancieren, sich mit dem Schwanz festhalten, wenn sie nach Blüten angeln. Dann pflückt sie selber eine Blüte und steckt sie in den Mund. Süß schmeckt sie, gar nicht schlecht eigentlich.

Erst als die Affen allmählich abziehen, geht Ilka hinunter zur Sandbucht, die völlig verlassen in der Morgensonne liegt. Sie zieht den Bikini an, legt das Handtuch unter einen Palmenstamm und geht ins Wasser. Das Meer ist warm wie Wasser in der Badewanne. Ilka schwimmt mit kräftigen Zügen los.

Wie immer muss sie sich zwingen, irgendwann umzukehren und zum Strand zurückzuschwimmen. Der Horizont zieht sie an, sie kann kaum widerstehen.

Doña Tilda hat sich schon ein paar Mal ganz schön erschreckt, weil Ilka so weit hinausschwimmt. Wegen der Strömungen und wegen der Haie. Ilka hat keine Angst. Haie kamen ihr vor wie eine Erfindung aus dem Horrorfilm, so wie Zombies oder die Riesenspinne Tarantula.

Mehrmals spürt sie schon Boden unter den Füßen und dreht doch noch einmal um, schwimmt wieder hinaus.

Dann spürt sie, dass Arme und Beine ermüden.

Sie steigt aus dem Wasser und setzt sich auf ihr Handtuch.

Weiß wie eine Yuccawurzel ist sie schon lang nicht mehr. Ihre Haut hat einen gleichmäßigen Braunton angenommen. Die Insektenstiche sind mit Beginn der Trockenzeit zwar abgeheilt, haben aber weiße Flecken hinterlassen.

Ein Papageienschwarm fliegt aus den Palmen auf. Hunderte aufgeregter Stimmen kreischen und plappern durcheinander. Die Wolke aus grünen Vögeln spannt einen Bogen von den Baumkronen in den Himmel, ballt sich zusammen und zieht

sich wieder auseinander. Der Schwarm kreist noch einmal über dem Strand, bevor er landeinwärts verschwindet.
Ilka lauscht den Vögeln nach, bis ihr Geplapper im Rauschen der Wellen untergeht.
Diesen Morgen wird sie nie vergessen, niemals, sie weiß es genau.
Das hier, das ist der Traum von den Tropen, aber sie wird auch die Stadt da oben nicht vergessen, in der sie die meiste Zeit verbracht hat. Nichts wird sie vergessen, nicht das Villenviertel und nicht Fernandas Viertel, diese beiden ganz gegensätzlichen Welten an verschiedenen Enden derselben Stadt.
Ein von Vorsicht krumm gebogener Hund schnuppert sich am Strandgut entlang in Ilkas Nähe. Ilka streckt ihm die Hand hin, möchte ihn streicheln, zieht die Hand dann aber doch zurück. Der Hund hat ganz verklebte Augen, er schnieft und an einigen Stellen ist ihm das Fell ausgegangen.
»Ich fass dich lieber doch nicht an«, sagt Ilka. »Das musst du verstehen.«
Es fehlte gerade, dass sie sich jetzt noch irgendeine Krankheit einfängt, wo die Reise fast vorbei ist.
Ilka hat das alles natürlich fotografiert: die Palmenlandschaft und das Meer, die braunen Pelikane und die Affen. Einen Moment lang sieht sie sich deutlich mit ihrem Fotostapel daheim auf dem Wohnzimmersofa sitzen, Anekdoten dazu erzählen.
Egal, was sie erzählt, das kapiert doch keiner, wie sich das hier anfühlt, wie weit das weg ist.
Ganz entfernt klingt das Gekreische der Papageien wieder auf und nähert sich. Ilka starrt in den blauen Himmel. Winzig klein fliegt ein Flugzeug vorbei. Nach Osten.
Ilka seufzt, steht auf und klopft sich den Sand von Bauch und Beinen. Sie schlüpft in ihre Badeschlappen und schüttelt das

Handtuch aus. Das flatternde blaue Tuch erschreckt den krummen Hund, er wird noch krummer und galoppiert mit eingekniffenem Schwanz den Strand hinunter in Richtung Dorf.
Ilka steigt die Stufen zu den Bungalows hinauf. Inzwischen sind alle wach. Großonkel Rodrigo sitzt neben dem Eingang und schnitzt mit der Machete an einem Stück Holz. Don Luis und seine Saufkumpane stehen herum und schauen aufs Meer. Jeder von ihnen hat schon wieder ein Glas in der Hand, in dem Eiswürfel das Sonnenlicht brechen.
Don Luis legt Ilka die Hand um die Schulter, als sie an ihm vorbeigehen will.
»Na, Töchterchen«, sagt er. »Genieß die Sonne und das Meer noch mal, bevor du ins Eis zurückfährst!«
Ilka seufzt, macht sich los und geht in den Bungalow hinein. Die Frauen kochen. Ein Teller mit leuchtend orangefarbenen Papayaspalten steht auf dem Tisch. Ilka nimmt ein Stück und steckt es in den Mund. Der zweijährige Carlitos greift sie währenddessen mit einem Plastikmonster an. Es ist eigentlich ein Flugzeug, das sich durch Knopfdruck in ein Monster verwandeln lässt. Carlitos benutzt es immer nur als Monster. Ilka besänftigt das Ungeheuer mit einem großen Stück Papaya.
»Wo sind die anderen?«, fragt sie und wischt die Hand am nackten Schenkel ab.
»Mit dem Boot draußen«, sagt Doña Tilda. »Sie haben erst noch auf dich gewartet, aber dann sind sie los.«
»Ich war schon am Meer, aber in der anderen Bucht.«
Doña Tilda hebt einen schwarzen Menschenfressertopf auf den Herd.
»Hast du dich verabschiedet?«
Ilka nickt.
Seit gestern dringen die Stimmen der anderen schon aus der

Ferne zu ihr, wie alte Erinnerungen. Es scheint ihr, als würden allmählich die Lichter ausgeblendet, und dabei steht doch Doña Tilda ganz lebendig vor ihr, die Hände in die Hüften gestemmt, Schweißperlen auf der Stirn.
Ilka setzt sich auf einen Stuhl und sieht Doña Tilda an wie ein Foto.
»Dein letzter Tag!«, sagt Doña Tilda.
Ilka nickt wieder. Ein dicker Kloß steckt ihr im Hals.
»Selbst Schuld!« Doña Tilda wendet sich um und wirft den Deckel auf den Topf, dass es nur so scheppert. »Du hättest bei uns bleiben können. Ich hab dich nicht fortgeschickt.«
»Ich weiß.«
Keiner würde sie fortschicken, und dass ihr Visum wieder ausläuft, das ist auch nicht schlimm. Da würde sich eine Lösung finden.
Aber was würde sie tun?
Fernanda und ihre Geschwister müssen nach Ostern wieder in die Schule oder an die Uni. Doña Tilda geht jeden Tag arbeiten. Ilka könnte wieder bei Doña Cecilia anfangen. Die letzten sechs Wochen hat sie nicht mehr gearbeitet, ist nur noch mit den Töchtern auf und ab durchs Land gezogen, hat deren Freunde und Verwandte besucht. Doña Cecilia hatte dafür Verständnis und sicher würde sie Ilka jetzt wieder nehmen. Aber als Schreibkraft für ein Taschengeld hat sie auch keine Zukunft. Sie würde ewig auf der Stelle treten.
Jetzt muss wieder etwas Neues kommen, muss es weitergehen.
»Wenn du die Schule fertig hast«, fragt Doña Tilda, »kommst du dann wieder? Studieren kannst du auch hier.«
»Ich komm wieder.« Ilka sagt es mehr zu sich als zu Doña Tilda. Wenn sie nicht daran glaubt, ist der Abschied nicht auszuhalten. »Wann müssen wir fahren?«

»Nach dem Frühstück räumen wir zusammen.«
Ilka könnte fortlaufen, sich verstecken, morgen mit den Affen frühstücken und das Flugzeug einfach fliegen lassen.
Kann sie nicht und will sie nicht. Sie ist kein Kind mehr.
Es ist ein Gedanke von früher, von einer Ilka, die es nicht mehr gibt.

II.

Ilkas Gepäckstücke fahren auf dem Laufband in Richtung Flugzeug. Ilka sieht ihnen nach. Ihre Augen brennen, heute Morgen hat sie viel geheult, aber jetzt ist sie ruhig. Die Rückreise hat schon angefangen, obwohl sie noch auf dem Boden ist.

»Nicht böse sein, wenn wir nicht schreiben!«, sagt Fernanda. »Keiner von uns schreibt gerne Briefe. Aber du kannst jederzeit wiederkommen.«

Dann ist Ilka durch die Schleuse. Sie muss sich noch einmal umdrehen. Fernanda, Mayra, Lela und Doña Tilda winken. Doña Tilda tupft sich mit einem Taschentuch das Gesicht ab.

Ilka wendet sich schnell wieder nach vorn. Aber im Geist sieht sie Mutter und Töchter immer noch vor sich: wie sie die Flughafenhalle verlassen, über den Parkplatz gehen, in den Jeep steigen, auf die Schnellstraße ins Stadtzentrum abbiegen. Fernanda wird Doña Tilda zu Hause absetzen und weiterfahren zur Uni, damit sie wenigstens die Mittagsvorlesung noch erwischt. Wenn ein Flugzeug dicht über das Universitätsgebäude fliegt, wird sie nach oben sehen und an Ilka denken. Die anderen Geschwister werden bald nach Hause kommen und sich jeder einen Teller Reis mit Bohnen in die Mikrowelle schieben. Das Telefon wird klingeln, der Fernseher plärren, Türen schlagen, Don Luis wird mit seinen Eiswürfeln klimpern. Auch ohne Gringa läuft ihr Leben einfach weiter.

In der Wartehalle setzt sich Ilka auf einen Plastiksessel und

starrt auf die Berge hinter der Glasscheibe, die jetzt schon unerreichbar weit entfernt sind.
Der Umschlag von Lela fällt ihr ein. Lela ist überhaupt nur wegen dieses Umschlags zum Flughafen gekommen. Er enthält alle Briefe, die nach Ilkas Umzug noch in der Villa angekommen sind. Caridad hat sie gerade noch am letzten Tag in Doña Cecilias Büro gebracht.
Weil sie die Berge nicht mehr anschauen und auch das Bild von Doña Tilda und Fernanda vertreiben möchte, reißt Ilka jetzt den Umschlag auf. Ein paar Luftpostbriefe fallen heraus. Mama, Meike, Tante Nora, ein paar Weihnachtskarten von Klassenkameraden und ein Brief aus El Salvador.
Ilka muss tatsächlich einen Moment lang überlegen.
In den letzten Wochen hat sie nur noch ab und zu an Klaus gedacht. Der gehört in ein anderes Kapitel ihres Lebens, in den merkwürdigen Film, der im Millionärsviertel spielt. In dem Film ist er ungeheuer wichtig gewesen. Im neuen Kapitel ist er nur eine nette Erinnerung, vielleicht ein Traum, ein Lotterielos.
Sie hat ihn als Retter nicht gebraucht, es hat auch ohne ihn ein Happyend gegeben.
Sie reißt den Umschlag auf, der Brief ist kurz.
»Liebe Ilka, schade, dass du auf meinen letzten Brief nicht geantwortet hast. Ich hatte gehofft, meine Einladung wäre dir wenigstens eine Absage wert …«
Ilka fasst es nicht. Welcher Brief, welche Einladung?
Da hört sie Rosas Stimme: »Ihre Post möchten sie auch lesen, Amor.«
Und Caridads Entsetzen: »Das wäre eine Sünde!«
Ilka lässt die Hand mit dem Brief sinken.
Die haben den Brief einfach unterschlagen.

Sie müsste sich jetzt furchtbar aufregen, aber sie ist nur verwirrt. Es hätte also alles auch anders kommen können.
Wäre, hätte … alles Quatsch!
Jetzt sitzt sie jedenfalls hier, wird heute nach Hause fliegen und Klaus wahrscheinlich nie wieder sehen.
Aber es gibt auch noch andere Möglichkeiten.
Zum Beispiel: Sie schreibt Klaus nach El Salvador, erklärt ihm die Sache, und er lädt sie für die nächsten Sommerferien ein.
Oder: Klaus macht Heimaturlaub in der Schweiz und sie treffen sich in den Bergen und erzählen einander ihre Abenteuer.
Oder es geht alles wieder ganz anders aus, als sie sich das jetzt vorstellen kann.
So direkt geradeaus geht es jetzt bestimmt nicht mehr weiter. Es wird immer mal wieder eine Abzweigung kommen, mit der sie nicht gerechnet hat, und das ist gut zu wissen.

Eine weibliche Lautsprecherstimme ruft die Passagiere des Flugs nach Frankfurt dazu auf, sich am Gate einzufinden.
Ilka faltet den Brief zusammen, steckt ihn mit den anderen in den großen Umschlag und zeigt der Stewardess ihr Ticket.